明けない夜はない

佐藤尚美
SATO Naomi

文芸社

はじめに

私は今、視覚障がい者として生きています。

光を失って三十五年たちました。それまでは、近視でしたが眼鏡をかけるとどちらも一・二の視力があり、ふつうに暮らしていました。

ところがある日、突然光を失い絶望の淵に突き落とされました。

中途失明者、特に中年を過ぎての失明者は社会復帰が難しいと言われています。事実、私は突然の失明から社会参加まで七年間閉じこもり、外に出ることができませんでした。

そして、株式会社を設立・経営という経済行為に参加するまで、さらに七年の月日を要しました。失明から訪問介護事業所の設立・経営まで十四年という長い歳月がかかったのです。

そして今日まで、光のない中、三十五年の苦闘と福祉関係の活動を通し、さまざまな障がいや病気、生活環境の変化などの理由から人生半ばで希望を絶たれ、絶望し、再び夢を抱くことを諦めなければと苦悩している人たちが多くいることも知りました。

突然の失明という絶望の淵から十四年という長い年月はかかりましたが、再び社会復帰でき、夢や希望を抱きつつ二度目の人生を楽しむことができるようになった今、一人でも多くの人が社会復帰できるように、そのきっかけの一助となることを願ってこの本を書くことを決めました。

中途障がいばかりでなく、不況によるリストラや社会的環境から志半ばで目的を断念しなければならなかった人、失意の中でもう一度社会復帰を願いながら不安におびえている人たちに、また、小学生以上の子供たち、大学で目的を見失った人たち、子供たちを育て上げてからの生き方に悩む人たちにもこの本を捧げます。

「周りの人々は、助けを必要としている人に手を差し伸べて見守ってくれています」

「人生を諦めないで」とエールを送りたいと思います。

もくじ

きれいな花火 ——夢も生きがいも消えて

キッチンでまな板の音が、ダイニングルームでは食器を並べる音が聞こえてきます。

「パパ、これだっけ」と娘の声も聞こえます。

少し目を開きましたが、まだ暗い。

(また娘と夫が夜食を作って食べるんだわ。いつも太ったとか、ダイエットをしなくっちゃなんて言ってるのに……)

私は床の中から声をかけました。

「こんな夜中に何を作ってるの?」

「パパ、ママが何か言っているよっ」

「なーに、早く起きなさい」と夫が応えました。

「夜中に何してるのって、聞いてるの」

「夜中じゃないよ。朝だよ、朝」

「ママ、朝ご飯先に食べちゃうよ」と娘も私を促します。

（もしかしたら……）

不安が頭をよぎりました。

そういえば、寝ている時に目の中できれいな花火がパーンと大空いっぱいにはじけた夢を見たのを思い出しました。

そしてきれいな花火が消えた後、真っ赤な残像が漫画のスヌーピーの頭の形でしばらく目の中で赤くなって残っていました。それがなんだかかわいらしくて「うふふふ……」と笑ったのを覚えていました。

私は学生の頃からスヌーピーが大好きでした。

スヌーピーのぬいぐるみや絵のついたペンケース、ノートなどを身の回りに置いていました。

また、母は、私のしぐさや雰囲気を「スヌーピーみたい」と言ってよく笑っていました。鼻歌交じりにひょうひょうとして、呑気に暮らすスヌーピー。そして、漫画の中で、いつもスヌーピーは犬小屋の上に真っすぐ上を向いて眠ります。ひょうひょうとして平和に生きる彼の姿勢は私の憧れでもあります。

そのスヌーピーの頭の形が花火の残像となって赤く焼き付いたのを喜んで、「またいたずらして」とクスクス笑って、私は再び寝入ったのでした。

（もしもあれが眼底出血だったとしたら……）

私は震える手で枕元のテレビのスイッチを入れました。

何も見えず、ＮＨＫの朝のニュースを伝えるアナウンサーの声だけが聞こえました。

「いやだーっ！　助けて、助けて！　神様、助けて！」

「どうしたんだ、尚美」

ただならぬ私の叫び声に夫は私の部屋のふすまを開けましたが、手を泳がせて泣き叫ぶ私を目の当たりにして、夫もまた気が動転し、ただただ「どうした尚美、どうした」とうろたえて私の部屋に踏み込むことができず、部屋の外で立ちすくんでいました。

「見えない、見えない、見えない」

「ママ！　ママ！」

「パパ！　ママどうしちゃったの？」

駆け寄った娘に我を取り戻したかのように夫は、荒れ狂い泣き叫ぶ私を抱きしめながら「大丈夫だ、大丈夫だ、大丈夫だ……」と自分を落ち着かせるように、ゆっくりと低く何度も繰り返してつぶやきました。

この日から、光のないつらい日々が始まりました。

家族の生活が変わる

私は若い時から糖尿病でした。夫は私が糖尿病であることを知っている上で結婚してくれました。

高校を卒業した後、電電公社（現在のＮＴＴ）に入社しました。そして二年後に幹部養成学校である中央電気通信学園大学部に入学しました。卒業後に結婚、出産後も勤めを続けていました。失明当時は、本社の企業通信システム営業部で金融システム担当課長をしていました。管理職四期目でした。

当時の電電公社は、マンモス企業といわれ、社員は三十三万人いました。

仕事は面白く、深夜まで及び、新霞が関ビルからタクシーで帰り、シャワーを浴びてまた職場へ、ということもしばしばでした。

大企業の女性管理者として、夫や娘には必要以上の負担をかけ、私のわがままを通していました。

私も夫も九州の出身です。夫はとても優しい人でしたが、やはり「結婚したら家庭に入ってほしい」という気持ちがありました。

「辞めてほしい」と何度も言われましたが、私はポストが上がれば上がるほど仕事が面白くなり、「子供ができるまで働かせて」「もう少し働かせてください」「ごめんなさい、もう少し自分を試したいの……」とわがままを通してきました。

私は仕事が大好きでした。面白かった。

社内の幹部養成所を卒業し、男性と肩を並べて仕事もポストも得られていき、周りからの期待に応えることに必死になっていました。

しかし一方では、このまま仕事を続けることで、優しい夫や可愛い娘との楽しい団欒の時を失っていく不安と虚しさを感じてもいました。

そういうありさまで持病の糖尿病の治療をおろそかにして、私を担当する保健婦さんから「病院に行ってください。このままだと眼底出血で失明するかもしれませんよ」と忠告されていましたが、それを無視して走り回っていました。眼底にも多少の異常が見られるようになっていましたが、「自分に限って失明などということは起こらない」と信じきっていた結果がこのようになってしまいました。

目に見えない愛や思いやり、優しさ、信頼、これらが人の幸せにどんなに大切なものであるかを心底気づかされたのは、光を失ってからでした。

私は、何が宝物かを見失っていたのでした。

家族をないがしろにしてきた結果がこのようなありさまです。

私は、「自業自得」と見放されて夫がどこかに行ってしまうのではないかと恐れました。

夫の武夫は素敵な男性です。ルックスも、性格も良いのです（のろけるんじゃない、ですって？　でも、本当なんです）。

周りには若い、美しい、優しい女性がいっぱいでした。妻が失明し、食事の買い物をしたり、深夜に帰った後も家事をして妻を見守る夫に同情する女性もたくさんいました。

夫は他意はなく私が失明したことを職場の女性に話をしただけだとしても、私はとても不安でした。夫の周りの女性がみんな優しく、夫に好意を持っているように思えてなりませんでした。そんなことは恥ずかしくて夫に言うことはできませんでしたが、夫は私によけいな心配をさせないように気を遣っていました。

ちょうどその頃、テレビのコマーシャルで、出張の支度をする夫がパンツを何枚持っていこうか迷っている姿が映し出され、「あなた、出張は一泊でしょう？」と奥さんの声がする……というシーンがありましたが、まるでコマーシャルそのもののように、「出張は一泊です」と、パンツを一枚、私にわかるように準備をしていました。

私は「そんなにしなくても、信じています」と言いながらも、とても嬉しく、夫の心遣いに感謝しました。

出張に出掛けるときも常に宿泊先の電話番号を録音し、「今から行ってくるよ」「今ついたからね。大丈夫?」とこまめに電話をしてきてくれました。

今考えると心が痛くなるほど、私の気持ちになりきって尽くしていただきました。感謝。

心から幸せな妻だと思うと同時に、妻として何もできない自分を考えて、針のむしろに横たわっているようにいたたまれない気持ちにもなりました。

コンピュータのソフトウエアの設計責任者として、早朝から深夜まで仕事をして疲れて帰ってくる夫が、さらに夜中の二時くらいまでかけて、慣れない料理を作って、次の日の私の朝食と昼食を用意して床に就きます。

九州男児を地でいく夫が、時々早く帰る時には、スーパーの袋をさげて帰ってきます。その姿を想像する時、そして接する時、ただただ「申し訳ありません」とうつむくしかありませんでした。

一方、娘の真由美は十五歳、高校生になったばかり。ブラスバンド部に籍を置き、高校野球の応援に炎天下でサックスを吹いていましたが、その部活もやめて、学校が終わると買い物をして急いで家に帰り、私の看病をしてくれました。片手に学生鞄、片手に大きなスーパーの袋。友達との遊びも我慢して、毎日夕食の支度、掃除、洗濯をこなしてくれました。

夫は、仕事と家事で、職場の人たちとのおつきあいや仕事にも制約ができ、思うようにいかないこともあったと思います。娘も、学業と家事で、友人関係や勉強に多少の支障があったと思います。

また、家事と私の看病だけでなく、自治会や管理組合等地域の活動までも夫と娘が分担して役割を果たしてくれました。

夫も娘も、どんなにつらく、苦しかったことでしょう。

しかし、二人とも愚痴をこぼすことはありませんでした。

帰ってくるとすぐに、「大丈夫?」「つらかったね」とまず私を見舞ってから家事に入る二人でした。

眼科では、「手の施しようがありません。今、私たち医者にできることは、一級障がい者としての認定証を書いてあげることだけです。残念です」と言われました。

夫はそばで心を痛めて聞いていたに違いありません。

けれどその傍らで、「そんなことはない、きっといつか見える日が来る」と信じていた私は涙を流すことなく病院を出ました。

しかし、日がたつにしたがってこんな思いが浮かんできました。

(やっぱり、私はもう見えるようにはならないんだわ)

(もう、私は人の役に立つどころか、人の世話にならなければ何一つできないやっかい者になってしまった)

(夫や娘は何も言わずに、明るく私にやさしく接しながら、私の面倒を見てくれているけれど、この姿は本当なのかしら)

私は完全に鬱になっていました。


それからのわが家は地獄と化しました。

見えないで生きることを悲観した私は、床から起き上がることができません。貧血がひどく、立ち上がると頭から血が引き、倒れてしまいました。トイレに行くにも食事に起きるにも、這って移動するのがやっとという状態でした。

気まぐれにわざと夫や娘を困らせるようなことを言ったり、したり、そして思うようにならないと言っては荒れ狂いました。そんな私を自分たちも疲れ切っていたでしょうに、じっと我慢し、私をそっと抱き寄せ「つらいだろうね。いくら夫の僕でも尚美のつらさをわかってあげることはできないから」「ママ、ママ、頑張って、私も一緒に頑張るから」と優しく慰めてくれるのでした。

こんな温かい言葉を受けながらも、なお、私のすさんだ心は暗くつぶやいていました。

(私は生きていていいのかしら。私が生きているから主人や真由美もつらい思いをしているのではないかしら)

夫はまだ四十代の男盛り働き盛り、娘は十六歳になったばかりで青春真っ只中の二人なのに。私が生きているから、夫は仕事が忙しく疲れていても、買い物袋を片手に帰宅し、深夜までかかって、私のために食事の支度をしなければいけない。

娘も、友人たちは遊びに行ったり部活を楽しんでいるのに、ただただ母親の看病と家事に縛られている。

（私が生きているからいけないんだ。死んだほうがいいんじゃないかしら）

私が死んだその時は淋しいかもしれないけれど、夫は新しい女性を妻に迎え、やり直しが十分できる年齢です。

私は次第に死を考えるようになりました。

（もう、私は何の役にも立たない人間になったわ）

（もう、妻らしいことなんか何もできない、母親らしいこともやってあげられない）

（ここはマンションの十階、ベランダから飛び降りれば確実に死ねる）

（いや、飛び降り自殺なんかしたらその後始末で近所の方々に迷惑がかかる、そんな後に、この家に主人も娘も住んではいけない）

（薬かな……。誰か買ってきてくれるかしら、自分で買いに行くことはできない）

（ガスの元栓を開こうかしら、いや、何かの火花が散って爆発したら近所迷惑）

（あー、ナフタリンみたいに昇華してしまいたい。誰にも迷惑をかけずにこの場から消え去りたい）

これほど、死にたいと思い考えている私なのに、夫や娘が「ただいまー」と帰ってくると、反射的に「お帰りなさ〜い」と、電気も点けないままの暗い部屋の中で、今までのように答えてしまうのでした。

夫や娘の声を聞いて、「今日も死ななかった」とホッとする自分がいました。頭の中では死の決意はできているのに、夫や娘のことを考えると心が揺れるのでした。

娘が一人で淋しそうにしている姿を想像すると、新しい母親なんかには任せられない、との思いで胸が痛みました。

こんな時期、夫も娘も眠りが浅くなっていました。私が夜中にトイレに起きると、ふすまを開ける音で夫と娘は一斉にそれぞれの部屋から飛び出してきました。

夫はリビングのベランダ側のカーテンの前に立ち、娘は廊下から玄関前に立って、じっと私の行く先を追っているようでした。

私がトイレに行き、自分の部屋に戻ると、二人はそれぞれの部屋に戻り再び横になるのでした。

閉じこもりの七年間

目が見えなくなって、家の中のいろいろなものが徐々に変わっていきました。とはいっても今から三十五年前のこと、今のように携帯電話も音声パソコンもなく、ごく一部のものが音声化されているだけの時代でした。

私は点字ができません。当時はパソコンも普及していなく、ましてや視覚障がい者用パソコン読み上げソフトなどありませんでした。私は読むことも書くこともできない、文字を持たない人になってしまいました。

母に手紙を書きたくても書けず、手紙をもらっても読むことができません。預金通帳の残高も自分で見ることはできません。

プライバシーをすっかり失ってしまいました（今はスキャナーで読んだり、

音声パソコンで書いたりすることができます）。

見えている時は親子電話二台でもさほど不便は感じませんでしたが、見えないと、ベルが鳴ってもすぐに電話機の所まで行くことができません。たどり着くまでにベルは切れてしまうのです。

ホームテレホンに取り替え、電話機が六台と普通の電話が二台、合計八台の電話機を設置し、各部屋に置きました。

初めは、「私は見えるようになるからホームテレホンはいらない」と言っていましたが、つけてみると便利でした。

夫は「見えない時は便利なようにつけなければいけないけど、見えるようになったらはずせばいいいんだよ」と言っていました。

ただ生きているだけでさえ家族の手を煩わすだけの私の世話を、夫と娘は苦にすることなく引き受けてくれました。

ところが、そんな優しい二人が身なりを整え会社や学校へ出掛けるのを毎日見送っているうちに、私は完全にひがみ根性の固まりになっていきました。

夫や娘を送りだした後は、ラジオやテレビを聞いたり、考え事をすることでしか一日の長い時間を潰すことができませんでした。自分がみじめになり、「私はペットじゃない！」と荒れ狂いました。

「毎日毎日、用意してくれたご飯を食べて眠るだけなの。自分であそこへ行って、こんなことをしたいと思っても一人じゃ出掛けられない。何か本でも読みたいとか、新聞でも読みたいと思っても読めないんだから！

ただ、家で真っ暗闇の中に一人ぼっちで一日中いることしかできない。あなたや真由美は思った時に思ったことができるじゃない！　なのに、私は皆が帰ってくるのを待って待って、やってほしいことをお願いしたくても、疲れて帰っているのに申し訳ないと思って……。やっとの思いでお願いしてるのに、『あとで』

とか、『ちょっと待って』とか『そんなふうに言っても』って言って、すぐにやってくれないじゃない。

私はストレスがたまっても、外へ行って買い物したり、映画を見たりしてストレスを解消することなんてできないんだから！」

そうまくしたてて、疲れて帰ってくる夫や娘に当たり散らしました。

冷静な時は、「疲れているのに私の分までいろんなことをしてもらって申し訳ない」と、穏やかに、少しでも夫や娘に休息時間を作ってもらわなければと考える私が一転して荒れ狂う自分と化すことを抑えることができませんでした。

立ち直りたい、社会復帰したいと前向きになればなるほど、見えないという障がいが壁となって私は焦り、絶望で我を失ってしまうのでした。

さらに、仕事柄全国に知人をもつ私に、次々と安否を気遣う電話がかかってきたことも深く落ち込む原因の一つでした。

急に会社に姿を見せなくなった私を心配してかけてくる電話だとわかっていて

も、かかってくるたびに同じ内容の会話を繰り返し、自分のことを振り返らなければならないことに加え、当たり障りのない励ましの言葉は、なすすべがないということを感じさせました。もう人のためになることどころか自分のことさえできなくなった自分を深く認識させられることになりました。

「どんな具合なんですか？」と電話をかけてくる人にとっては初めての問いかけでも、答える私はつらい瞬間を何度も思い出して、説明しなければなりません。

「テープレコーダーに吹き込んでおいて受話器のそばに置いておきたい」という気持ちになりました。

そして、電話を切る前には必ず「気を落とさずに何か生きがいを持って頑張ってね」という励ましの言葉で終わるのです。光を失い、「もう一度外に出たい、社会に役立つ人間になりたい」と悶々として横たわっている私にとっては、心臓を突き刺されるような思いでした。

その励ましの言葉に「ありがとう」と応えて受話器を置きながら、心では、「私も生きがいを探しているの。でも、見えていればこその生きがいで、見えなくなった今の私にとっての生きがいってなあに？　目が見えなくなった私にどんな生きがいがあるのだろう。それを教えてよ！」と心の中で叫んでいました。

また、人事異動の時期に、元気だった頃一緒に机を並べて仕事をしていた同僚などから、「佐藤さん、お世話になりました。本日づけで○○支局の○○長で……」という転勤挨拶の電話を受けると、「もう仕事に復帰することはない」とあきらめているはずの自分の心はいやが上にも波立つのでした。

そして、その後には必ず「もう、何もできない人間になってしまった」と暗く沈む自分がいました。

「あんなにさっそうとしていた佐藤さんが……」と同情の視線を受けたくない。私は外へ出ることができませんでした。

その頃、原因不明の激痛に悩まされていました。

体中に石ころのような塊ができ、身の置き場もないほどの激痛が全身をおおいます。原因のわからないしこりでした。体の筋肉が硬くなり、まるで骨のようになっていました。体全体のリンパ腺が腫れ、関節という関節は痛みました。首にはピンポン玉を半分にしたくらいの大きさのこぶができ、首が右に傾いていました。

体中の筋肉が硬く、乳は石ころをたくさん詰めた袋のようでした。

お腹はブロックのように硬く、下腹は子宮筋腫で硬く出ていました。筋腫は二つあり、一つはこぶし大、もう一つはその半分でした。しかし、糖尿病のため手術はできないとのことでした。

ちょうどその頃、元宝塚スターが「徹子の部屋」にでていて、がんで亡くなった方の話をしていました。その症状を聞くと私の症状と似ていて、もう助かることはないのだと私は涙を流していました。

この頃母は、私を心配しつつ、父親の看病をしていました。

平成元年に父が亡くなり、四十九日の法要が終わるとすぐに九州から駆けつけてくれました。

母は昔から温灸をすることができました。

「お腹が痛い」という私の言葉で、温灸をしようと私のお腹を見た母は、気が動転したといいます。

土気色をした私のお腹は、温灸の金具で摩擦しようと体に当てると、こつこつと音がしてコンクリートの壁に温灸をかけているようだったといいます。

お腹は冷たく、この頃の体温は三十五度でした。

まだ新しいマンションが温灸の煙とすすで汚れることを心配して夫に相談しましたが、夫は「尚美が助かるのならどんなに汚くなってもいい。遠慮なくやってください」と言ってくれました。

また、母は私の症状を見て「病院に行けば手術されて体力が落ちて入退院を繰り返して死んでしまう。病院か、お母さんのこの温灸にかけるか自分で決めなさい」と私に迫りました。

自分の症状は病院に行っても治らないと、私はいろんなテレビやラジオで確信していましたので、「お母さん、お願いします」と言いました。「どうせ死ぬのなら家族の中で死にたい」と言いました。

それから母の献身的な看病が始まりました。

一日二十四時間のうち、母が私の看病から離れるのはトイレと三時間ほどの仮眠をとる時間だけでした。

一日のうち二十時間近くを私の看病に費やし、過労から朝のゴミを捨てに行って外で倒れ、新聞配達の人に発見され、家まで連れてきてもらうほどでした。

温灸の棒を握りしめるため、母の指は丸まり、伸びなくなりました。手首の力も入らなくなり、肩から下は腱鞘炎《けんしょうえん》で手が上がらないほどでした。
ビワの葉温灸がいいと聞いては取り寄せ、中国針がいいといっては取り寄せ、漢方薬がいいといっては取り寄せました.
こんにゃくを温めて脾臓を温めるために体に巻きました。また首のリンパ腺も痛いため、温灸をしました。
朝から晩まで温灸の煙で部屋中が煙だらけになり、天井はすすけてきました。

父が亡くなった後でしたので、次は娘の私が天国に召されるのではと思い、母は「自分の命に代えても娘の家族のために娘を生かさなければ」と必死だったといいます。しかし、温灸をしても腫れは引かず、色は浅黒いままで母は焦ったそうです。しかし、「病院に入院させないでこの子を死なせたら武夫さんは何と思うだろう」と、何が何でも生かさなくてはと必死でした。
三か月浦安で私の治療をしては九州の実家の家に戻り、草取りや庭の木の剪定をすませてまた浦安に帰るという、ハードなスケジュールでした。

一日のほとんどを私の温灸治療に傾けてくれ、睡眠時間はたったの三時間でした。

これは私の母だからこそできたことで、私と母が逆だったら、ここまでできたかどうか疑問です。

約三年たった頃、私の体は生気を取り戻し、浅黒い肌に血の気が通い、体が少しずつやわらかくなりました。

すると、「もう安心」と、母は九州に帰っていきました。

三年間温灸を続けてくれたお陰で体全体のしこりもほとんどなくなり、体や関節の痛みも軽くなり、頭の重いのもなくなりました。

私は母から命をもらったのです。

生きてていいの

失明してから二年の月日が流れた、暮れも近い深夜のことでした。

いつものように夫がスーパーの袋を片手に帰宅しました。

「お帰りなさい」

バスタオルを抱えて泣いていた私は、笑顔を作って自室からリビングへと這っていって出迎えました。

「今日、どうだった？　変わりなかった？」

いつものように優しく尋ねる夫の声がいつになく弾んでいました。

「パパ、お帰りなさい」

勉強をしていた娘も部屋から出てきました。

「ただいま、こんな遅くまで起きていて大丈夫なの？」

夫はリビングの鳩時計を見ながら言いました。そして、明るく弾んだ声で、こう続けました。

「尚美、喜んで。僕はね、今日、部長に事情を話して、家の近くのオフィスに転勤させてくださいって願いを出してきたんだ。もし、近くに転勤になったらお昼ご飯を一緒に食べられるよ」

「えっ、どうしてそんなこと。やめてください。男性にとって……」

「どうして？　僕は毎日心配なんだよ。僕は毎日会社の食堂やレストランでおいしい、温かい食事ができるけど、見えない尚美が独りぼっちで僕が作った、おいしくもないお昼ご飯を食べてる姿を想像するとつらいんだよ。だから、会社のポストはどうでもいいから近くにしてくださいってね」

「パパ、それはママは望んでないと思うよ」と娘。

「そうよ。だって、女性の私だって次々にポストが上がるのを楽しみにして仕事してたんだもの。ましてや、男性のあなたにとってポストは、私が淋しいだろう、なんてことと引き替えにできるようなものじゃないわ……」

そう言い終わるか終わらないうちに私は大声で泣き伏してしまいました。

近所にかまわず大きな声で、それこそ身をよじって泣いてしまいました。

努力で築いてきた大切なものをなげうってまで私の寂しさを慰めようと決心してくれた夫の心が嬉しかったのはもちろんです。

しかし、「体に無理がいくからやめたらどう?」「子供のためにも家にいてほしい」と言う夫の忠告や希望を無視してきた私には、もったいない愛情でした。

「あなた、私はその気持ちだけで十分です」

「いや、僕の奥さんだからね。今まで何もしてあげられなかったから僕にそうさせてほしいんだ」

「ダメ、お給料とポストは結び付いているんだから。真由美の学校や、私の治療費も保険のきかない薬や治療ばかりで何百万もかかるんだから……」

「お金はどうにでもなる。いざとなれば、この家を売って借家住まいでもいいじゃないか」

「いや！　せっかく二人で頑張って買ったマンションですもの、いや！」

そう叫びながら、「私が生きているから夫にこんな思いをさせてしまった。何の役にも立たないどころか夫や娘の足を引っ張る存在になっている。今の私にできる夫と娘への恩返しはいなくなることだ。明日は夫や娘が出掛けたら……」と決心し、床につきました。

夫や娘との楽しかった思い出や、夫や娘の今後のことなど次々に頭を巡り、ついに一睡もできずに朝を迎えました。

私は静かに平静を装って寝室を出てリビングに座っていました。

しかし、夫も娘もいつもと違っていました。

夫がネクタイをしめてはほどく音がします。何度も自分の部屋に入ったり出たりを繰り返しているようです。

娘は制服に着替え、学生鞄をテーブルに置き、椅子に腰掛けてじっとしています。

「真由美、もう出掛けないと遅れるわよ」

「うん」

「あなた、いってらっしゃい。転勤願いは取り下げてくださいね。私は大丈夫だから。お願い」

「まだそんなこと言っているのか。じゃあ、わかったよ。取り下げてくるよ」

「早く行って。いつもの時間より随分遅くなったわ。あなた、本当にありがとう」

「………」

「………」

夫は黙って立ち止まりました。

重い灰色の、そして湿度の高い空気が居間に流れ込み、まるで深い山道で夜霧が静かに立ち込めるように三人を包み込みました。

ダイニングルームの鳩時計がチクタクチクタクと時を刻む音が耳に響き、私の鼓動と調子を合わせていました。

誰も動こうとしません。

その時、一つのつむじ風が、私を抱いてクルクルと巻き上げました。

(はっ、何が起こったの?)

「尚美! 尚美! 僕には尚美が何を考えているかわかってるんだ! うう……」

夫は私を抱きしめて泣いていました。

(ああ、あなたが抱き締めてくれたのね……)

「尚美! 僕の奥さんは尚美だけだよ! うう……。頼む、つらいだろうが僕ができるだけのことはやる! だから僕と一緒に生きてほしい。妻として何にもできないなんて考えなくていい! 尚美、自分が死ねば、僕が別の奥さんを迎えてやり直せるなんて考えても、僕の奥さんは、尚美だけなんだ！　尚美以外の女性を奥さんになんかするつもりはない。僕には君が必要なんだよ、尚美」

「ママ！　私も、私も。私は毎日ママの看病しても、つらいと思ったことない。ママが一緒にこのおうちで、パパと私と三人で生きてくれていればいいの。母親らしいことができないなんて思わなくてい。ママ！　ママは寝たきりでもなんでもいいの。このお家にいてくれれば……！」

娘が、私と夫の間に飛び込んできました。

私は我を取り戻し、「生きてていいんだ！」と、心の氷が解け始め、涙になって流れてきました。

「一緒に生きてほしい」「君が必要なんだ」という言葉が何度も何度も頭の中でこだまし、「ありがたい。うれしい」という思いが温かい涙となってさらに噴き出しました。

「わぁーっ」

抑えようのない声が震えました。

「尚美！　生きるんだ、僕と一緒に……」

「ありがとう、あなた。真由美、ありがとう……。私は生きていていいのね」

「何を言っているんだ」私を抱く手に力が入るのがわかりました。

「ママ、笑って。ママ、笑って」娘が私のひざを揺すります。

「尚美！　生きるんだ！　そして、どうせ生きるんだったら『見えていたら……』と嘆いて暮らすより、明るく、楽しく生きてほしいんだ」

私はうれしくて大きく頷きました。

「そうね。ありがとう」

「パパ、ママが笑ったよ」

「よかった、よかった」

三人は抱き合って久しぶりに笑いました。

「ありがとう、さあ、あなたも真由美も遅れてしまったわ。急いで。もうママも本当に大丈夫、だって、必要とされているんだもの」

重く、暗い夜霧はたちまち白いもやとなり、やがて消え、私たちは、輝く朝日を浴びました。青い空がさわやかな風を送り込んできました。

家族の素晴らしさと、人はただ自分のためだけに生きることはむなしいということ、必要とされて生きる喜びを知りました。

これまでの私は自分中心の人間だったと深く反省し、涙を拭いながら、出掛ける二人の背中に深く頭を下げました。

ブラジャー事件——甦った女の自信

家族にとって足手まといにしかならない私に、「一緒に生きてほしい、君が必要なんだ」と言ってくれた夫と娘。

「この優しい家族のために役立ちたい。家族にとって必要な構成員として役割を果したい」と生きることの意義を見つけた私は急に意欲が湧いてきて、少しずつ家事をするようになりました。

ある日洗濯物を手探りで一枚一枚確かめながらたたんでいる時、ワイヤー入りのブラジャーが手に当たりました。

「真由美ちゃん、ワイヤー入りのブラなのね」

「そうよ、形が決まるし、着けていてフィットするから、私はワイヤー入りが好きなの」

「そう、お母さんはリンパ腺が腫れていたし、内臓も腫れていたから、それ以来体を締め付けるような下着は無理なのよね」

「そんなことないって、試してごらん」

私は、娘のブラジャーを試してみました。

もう何年も、体を締めつけるようなものは身に着けていません。

思い返せば、全身のリンパ腺が腫れた後、四十度近い高熱が二週間続き、口の中はただれ、胃からお腹もテカテカに光るほど腫れました。

パジャマのズボンのゴムが痛く、ウエストのゴムを切って落ちないように洗濯挟みで挟んでいました。パジャマだけではありません。恥ずかしい話ですが、パンティーのゴムさえ痛く、これもまた鋏で切らなければはくことができませんでした。

そんな状態が約一年続いて、元気な頃の体形と異なっている自分を想像すると、

「もう、何を着ても似合わなくなったわ」と、外に出ることがおっくうになっていました。

そんな消極的な気分の時だったので、娘のブラジャーを着けてみても、たぶん体が痛くなるだけで、結局はあきらめることになるんだと予測していました。

「ブラジャーなんて久しぶり」と、言いながら娘のほうを見ました。

「そうね、ここ何年もパジャマしか着ていないからね」と、やはり期待と不安が入り交じった声で娘は答えました。

どきどきしながら娘のブラジャーを着けてみました。

思ったほどきつくなく痛みもありませんでした。

「ねえ、どう?」

「あら、ママ、私のブラジャーがちょうどいいんじゃない」

娘は驚きと喜びで声が弾んでいます。

「そうなの。きつくないし、ぴったりフィットして、気持ちがしゃんとするわ」

私はリビングの洗濯物の前で久しぶりに気をつけの姿勢をしてみました。

「アハハハ……、ママ、いい、いい！　それ、あげるよ」

娘は、私の表情が輝いたのを見逃しませんでした。

私はやはり「女」でした。

「ねえ、真由美。ママ、久しぶりにお洋服を着てみたいの」

私はここ数年間忘れていた表現のしようのない気分を甦らせていました。

「それ、その調子。ママ、今持ってくるね」

娘もうれしそうに声を弾ませて、私の部屋に向かいました。

しばらくすると、娘は私の女心を喜んでくれるかのように、いそいそと洋服を数着選び、アクセサリーまで添えて持ってきました。

私は「待ってました」とばかりにブラジャーを着け、下着を整えて娘が持ってきた服に袖を通しました。

「ブラウスは大丈夫。でも、スカートはウエストが入らないと思うわ。あらっ、ウエストが留まったわ」

そして私は、上着を羽織って背筋を伸ばしました。

「どう？　大丈夫かしら」

「わーっ、ママ、素敵！」

娘は手を叩いて喜んでくれました。

（うれしい！　もしも装って娘と一緒に銀座を歩くことができたとしたら、何年ぶりのことだろう）

私の心は元気だった頃にタイムスリップしていました。

私は娘の前で子供のようにはしゃぐのが恥ずかしく、声を出さずに心の中で叫んだのですが、娘はまたもや私の気持ちを読みとっていました。

「ママ、今度、一緒にお出掛けしよう？」

娘の声はすでに私と出掛ける喜びで輝いていました。

元気だった頃を思い出してうれしかったのはもちろんですが、久しぶりに娘が心から手を叩いて喜ぶ姿がもっとうれしく、胸が熱くなりました。

私の気持ちを理解して心から喜んでいる様子が手に取るようにわかります。

娘は何も言わないで看病し、支え続けてくれているけれど、心の中ではこんなに元気な私を待ち望んでいたんだ！

まだ高校生になったばかりの時から私の看病をし、進路も看護師を選んで、すでに看護専門学校の三年生。

私は高校の卒業式にも、看護専門学校の入学式にも出席してあげることができませんでした。

「お母さんの目が見えていたら……」と思ったこともあるに違いないのに、ただの一度も私の前で娘は涙を流したことはありませんでした。私が悲しまないようにいつも明るく友達や学校のことを話してくれたり、私の介助をしてくれている——いろんな思いが一気にわき上がり、思わず娘を抱きしめたい衝動に駆られました。

しかし、悲しいことに、娘がどのくらい離れた所に、どちらを向いて立っているのか、あるいは座っているのかがわかりません。

見えない私には、これらの衝動はいつも不完全燃焼に終わります。

娘を抱きしめようと手を伸ばしても届かずに手が泳いでしまいます。娘が気づいて近寄ってきて、初めて抱きしめることができるのです。

「目が見えないということは、こういうことなのだ」

思った時に娘を抱きしめたい。夫に飛びつきたい。

私はこのようなチャンスを与えてくれた娘に、ただ喜びと悲しみと感謝の入り交じった気持ちを込めて「真由美ちゃん、ありがとう。娘なればこそよね。真由美ちゃんが女の子でよかった」とほほえんで、その場にたたずむしかありませんでした。

閉じこもりからの解放 ——隣人の愛

見えなくなって六年。相変わらず閉じこもりの生活をしていましたが、心の中では何とかしてこの状態から抜け出したいと願っていました。

しかしその糸口が探せず、夫や娘が出掛けていくのが寂しいのと、何とかしてほしいといういらだちから、出掛けようとする夫や娘に当たりました。

「外に出られない」

私は、出掛けようとする夫に言いました。

夫はそれには答えず、「じゃあ行ってくるよ」と玄関に向かい、立ち止まって「あ、そうそう、隣の井上さんが心配していたよ」と言いました。

「ええ、毎日電話をかけてきてくださるの」

「たまには外出したほうが気分が変わっていいかもしれないよ」

「いやっ、私が白い杖を持って歩くのを人に見られたくないの」

私はすねて拒否しました。

「そんなことをいつまでも言っていないで……。まぁ、気が変わったらね。じゃあ行ってきます」

私は黙って見送りました。


また、今日も一日が始まります。

(どうせ生きているんだったら明るく生きようじゃないかって?)

一人ぽつんと残された私は心の中でつぶやくのでした。

(それは健康な人が言うこと、私のように何も見えなくなった人は、どうやって明るく生きられるっていうの。だって真っ暗なのに!)

（「楽しく」なんて、どう生きれば楽しいっていうの？）


私はこれまで夫に娘にやり場のない怒りをぶつけてきました。

「毎日、毎日、何度も、何度も、何人も、何人も電話をかけてくるの」

「そう、みんな心配してくれているんだよ」

夫は私の肩に手を置いてなだめます。慰めようという気持ちが伝わります。しかし、私は次のように返すのです。

「いや。電話のベルが鳴るのがいやなの」

夫は困って何も言いません。

「だって、かけてくる人はみんな初めてで、お見舞いのつもりでしょうけれど、私はいつもオウムのように同じ話を繰り返して言っているの」

夫は、「そう……」とため息をつきました。

「『尚美さん、最近姿が見えないのでどうされたのかなと思って係の人に尋ねたら、失明されたと聞いてびっくりしました。少しは回復に向かっているんですか。原因は何だったんですか。少しは見えるんですか』ってみんな同じことを聞くの」

私は夫の膝を叩いて訴えました。

「『私はそれに対して、皆様にご迷惑をおかけします。糖尿病のコントロールが悪くて失明したんです。もう一度見えるようになるかどうかはわかりません。光も何も見えないんです。真っ暗なんです』って同じことを答えるの」

夫はつらそうにため息をつきました。

「そして電話の最後はいつも『そんなに落ち込まないで、何か生きがいを持って生きてください』って言われるの」

さらに私は訴えるのでした。

「『ありがとうございます。頑張ります』って答えているけど、いつも心の中で反発してるわ。『何が生きがいだ！　見えない人の生きがいって何なの！　それを教えて』」

夫は無言で聞いているだけでした。

「みんな、生きがいを持て、生きがいを見つけろって言うけれど……。目が見えればいくらでも生きがいを見つけられるけれど、目が見えなければ、何かをやりたくても思うようにはできないわ」

矢継ぎ早にまくし立てて私は泣き出してしまいました。

「尚美、僕にも今、何をどうしてあげれば、尚美が、明るく、楽しくなれるかわからない。でもね、あせらないでゆっくり探そうよ」

夫の手が背中を揺すります。

「生きがいなんてあるわけないもの」

「尚美の体が健康になったらきっと、やりたいことが見つかるよ」

「見えなくってもいい、生きがいがあるんだったら」

「そうさ、世の中、見えない人は尚美だけじゃない。新浦安駅の近くでも、白い杖を持って歩いてる男の人を見かけるよ」

私は「努力が足りない」と批判されたように受け取って、激しく言い訳をしました。

「その人たちはみんな小さい時から見えない人だと思うわ。ちゃんと、盲学校へ通って、点字も、生活の仕方も、歩く訓練も受けている人たちよ」

「そうかもしれない。でもね、ちゃんと暮らしているんだよ。この町で、僕たちと……」

「『同じ』じゃない！」

私は夫の言葉を遮って反論しました。

「そうかな」

「だって、小さい時から見えない人は、見えないという条件の上で暮らしてきてると思うの。私のように見えて生活していた人が、突然見えなくなって点字も読めない、一人では歩けない、見えない世界での生きる術も教えてもらっていない。こんな中途失明の人は、見えなくても生きていけるということよりも、見えていた時のように生きていけないのがいやなの」

「『いやなの、いやなの』はもういい。尚美らしくないぞ」

私は、夫にいくら訴えてもこのいらだちを解決することにならないことが悲しくて、泣き出してしまいました。


こんな日々を送っている私に、毎日何度も外出を促す電話をかけてくる人がいました。


リーン、リーン。

「おはようございます。今日はお天気がいいから一緒にお散歩しましょうよ」

お隣の井上さんの奥様です。

「ありがとうございます。今日は頭が痛いので」と私。

リーン、リーン。

「こんにちは、今日は風がとっても気持ちいいですよ。佐藤さんも一緒にどうかなと思いまして……」

「ありがとうございます。ちょっと風邪ぎみなので」

リーン、リーン。

「佐藤さん、何かお買い物してきましょうか。いるものがあったらついでに買ってきますよ」

「ありがとうございます。でも欲しいものがありません」

リーン、リーン。

「おはようございます。午後から一緒にお買い物に行きましょう」

「ありがとうございます。なんだか目眩がしますの」

リーン、リーン。

「今日の空は真っ青ですよ。日差しが柔らかいし、運動のためにも近くを少し歩いてみませんか……」

「せっかくですが、頭が重いので……」

と、毎日何度も、懲りずに粘り強く電話をかけてくださる井上さんに、私はつれなくお断りを繰り返していました。

このように、外へ出ようと勧めても出ようとしない私に、今度は、「面白い話や明るい話題をテープに吹き込んで、新聞受けに入れました。具合のよろしい時に聞いてみてください」と、テープをドアの新聞受けに入れてくださるのでした。

しかし、生きる希望を失っていた私は、テープを聴く気力もなく、ただただ積み上げているだけでした。

ある日、枕元のテープの山に手が触れ、がらがらと崩れ落ちた音を聞いて「こんなにたくさんのテープを吹き込んでくださっていたなんて、そのままにしていて申し訳ない。面白い話って何だろう。明るい話題ってどんな話なのかしら」私はテープを聴いてみようという気持ちになりました。

「閉じこもり」を決め込み、家族から「アナグマ」とからかわれても、自分の部屋で横になっているだけだった私の枕元に、一台のラジカセが置かれたのは見えなくなって四年目、井上さんからテープが投函されるようになって三か月くらいたってからのことでした。

聴き始めて、私はさらに申し訳なさが募りました。

それらのテープは一本が百二十分の長いテープでした。

百二十分テープといっても、読み違えたり、中座したりで、テープを何度も止めて吹き込み直してあるのがわかります。また、読み込みの間に、玄関のチャイムの音や家族が部屋を出入りする音が聞こえ、一本のテープを作るのに、一日の大半を費やしてくださっていることに気づいたからです。

テープの内容は、本当におかしな話だったり、さわやかな話で、聴きながら思わず声を立てて笑ってしまうようなお話でした。

失明以来忘れていた笑いが甦ってきたのです。

テープを一本聴くごとに、井上さんの「佐藤さんがんばって」という思いが伝わってきました。家族でもないお隣の奥様がこんなに親身になって心配してくださることに深い愛を感じ、ありがたく、思わず手を合わせました。

私は取り返しのつかない失礼を重ねてしまったことを恥ずかしく思い、ついに自ら井上さんに電話をかけました。

「おはようございます。隣の佐藤です」

井上さんはびっくりした様子でした。

「アラッ。佐藤さん？　わぁーっ嬉しいわ。ご気分がよろしいんですの？」

「本当に、いろいろとご心配くださってありがとうございます」

「私の勝手で、自分の好きな本を読んでいれたりして、お気に召さないかもしれませんけれど……」

「いいえ、ここ数日、井上さんからいただいたテープを聴かせていただきながら、井上さんの温かいお心に、熱いものがこみ上げてきましたので、ついお電話してしまいました」

「まー、本当ですか。嬉しいわ」

「井上さんからのテープに心がなごんで、私もこんなに頑なになってしまっていては、自分ばかりでなく家族の者まで悲しませていたのだって気づかせていただきましたの」

「まあ、まあ、そんなに思われなくても、ご主人様や、真由美さんも、本当によくなさっていますわ」

「そうなんです。本当にありがたく感謝しています。でも、ついつい、わがままがでて、つらくあたってしまうんです。ダメですね」

「でもよかった。佐藤さんが私に電話をしようと思ってくださったことが、本当に私、嬉しいんです」

「長い間ご心配いただいた井上さんに、お礼を申し上げることもなく失礼を重ねましたことをお許しください」

「いいえ、いいえ、よかったわ、よかったわ」

井上さんは自分のことのように喜んでくださいました。

長年家族以外との交遊を拒んでいた私がやっと電話をかけることができましたが、まだ、家族以外の人との外出の勇気はありませんでした。

この後もテープは毎日のように投函され、そのテープを聴きながら、少しずつ心が開き始め、井上さんと外出をしたいと考えるようになるまで、それからさらに二年の月日を要しました。

「佐藤です。こんにちは」

「まあ、佐藤さん。こんにちは」

「今日の午後、よろしかったら、お散歩に連れていってください」

「ええ、ええ、いいですよ。何時にしましょう?」

「では、昼食を一緒に外でさせていただいていいですか」

「そうしましょう。では、十一時半にエレベータホールの前でね」

このようにして、私は井上さんと外に出始めました。

失明以来六年ぶりに、家族以外の人と外で食事をしたのです。このことは、昔の自分をほんの少し取り戻したように感じさせていただき、長い冬をじっと過ごしてやっと頭を出しかけた土筆《つくし》のようにうれしかったのを覚えています。

それからは、毎日のように散歩したり、食事に、お買い物にと、井上さんの肩を借りて出掛けました。

特に嬉しかったのは、「はい、行きましょう。いつでも、佐藤さんのいい時でいいですよ」と、おっしゃってくださることでした。

ある時、私の心を打つこんな出来事がありました。

「井上さん、今日午後一時からお散歩に行きたいのですが、いいですか」

「はい、いいですよ」

そして、いつものように、お散歩をしてお茶を飲んで帰ってきましたが、私は、もう少し、お話がしたいので「お邪魔してもいいですか」と言いました。

「どうぞ、どうぞ、仕事中だったので書類が出たままですが……」

なんと、井上さんは、お仕事中だったのです。井上さんは、レタリングの技術があり、デパートのチラシ広告の仕事を定期的にされていました。私も、事前に仕事が入っているかどうかを確認してお願いしていましたが、その日は予定外に突然の急ぎの仕事が入っていたとのことでした。

「お仕事中に私の用事で中断させてしまって申し訳ありませんでした。お仕事中とは知りませんでしたわ」

「いいえ、いいんです。どうせ今日は夜遅くまでやるつもりでしたから。急に郵便局や銀行に行く用事ができた場合などでも、いつでも一緒に行きましょう」と言ってくださったのです。

身内でもなかなかできないことです。私は井上さんのお心に感動しました。井上さんの奥様がいらっしゃらなかったら、私は外に出ることができるようになったかどうかわかりません。また、外に出ることができるようになったとしても、もっと遅い時期になっていたと思います。

一人のための点字ブロック　――団地の方たちの応援

井上さんの優しくゆったりした働きかけに「このお気持ちに応えなければ」という気持ちが満ちてきました。

白杖を持って歩くことへの抵抗はありましたが、「外に出たい」という意欲が湧いてきました。

井上さんや娘の肩を借りて買い物や散歩に出掛けるようになりました。

そのうちに、「お天気がいい時の散歩や必要な買い物を一人でできるようになりたい」という意欲も出てきました。

視覚障がい者の社会参加を援助するところがあることを知り、歩行訓練に来てもらいました。

外の風に当たることにより、次々に意欲が出てきました。

（朝のゴミ出しも一人で行ってみよう）

（洗濯機も自分で操作してみよう）

（掃除機も……）

ある朝、エレベーターでゴミを捨てに行きました。

「おはようございます」一階に降りる前に、途中の階で誰かが乗ってきました。

「ハッ」としましたが平静を装って答えました。

「おはようございます」

「ずいぶん長い間お見受けしませんでしたけれど、お元気でしたか」と聞き覚えがある声がしました。

「あら、土屋さん？」

それはまだ、目が見えている頃に、時々通勤のバスや電車で一緒になり、おしゃべりを楽しみながら途中の駅まで行ったこともある七階の土屋さんの奥様でした。

「土屋さん。私、目が見えなくなったの」

勇気を振り絞っていいました。

「……あら……」

土屋さんの奥様は次の言葉がありませんでした。

それからしばらくは、私の姿を見ても声をかけることができなかったそうです。外に出だした私の目が見えなくなってしまっていたことがとてもショックだったようです。これは後日、土屋さんから聞きました。

私が失明してしまったことは、またたく間にマンション中に知れ渡ったようでした。

エレベーターで会って「おはようございます」と挨拶をしても、なんと声をかけてよいかと無言でいる人。ボタンを押すのに、「何階ですか」と声をかけてくださる人。「ゴミなら私が捨ててきてあげますよ」とゴミを持っていってくださる人。エレベーターから降りようとする私に、黙って手を添えてくださる人。人々の反応は違っても、「何かしてあげたい」という雰囲気が漂っていました。

初めは新米視覚障がい者とマンションの人たちのぎこちない関わり方でしたが、「こちらから失明したことをお知らせして、できないことの手助けをお願いする」という勇気を持って行動していくうちに、「おはようございます」「お出掛けですか、お気をつけて」と、以前の私に声をかけてくださったように、ごく普通に、挨拶や会話ができるようになってきました。

しかし、「見えなくなって助けていただくだけになった私のことを、団地の人たちはどう思っているのだろうか」と、考えることもありました。複数のマンションが集まって団地を形成している、そのうちの一棟に私は住んでいたのです。

そんな折、平成八年の夏、体の調子が悪く、九州から出てきた母に温灸をしてもらっていた時、電話のベルが鳴りました。

「はい、佐藤です」

「十一階のあこべです。実は自治会の話し合いの中で『佐藤さんのために団地内に、点字ブロックを敷いてあげてください』という要望書が出てきたことで話し合いが持たれまして、長い期間をかけて議論をした結果、管理組合にも相談して、団地の入口から四号棟まで点字ブロックを敷くことになりそうですので、とりあえずご連絡しておきます」

私は耳を疑いました。そして、同時に飛び上がって喜びました。

「本当ですか?」

声は甲高くうわずっていました。

「だって、団地内は私有地なんですよ。私や、家族も、考えないわけではありませんでしたが……八百数世帯の共有地内にたった一人の、私の目が不自由だからといって、点字ブロックなんてお願いできないと思っていました。どなたが要望書を出してくださったのでしょうか……」

九州から来ていた母に頼んで、急いであこべさん宅にお礼に伺いました。

「先ほどは、本当に嬉しいお話ありがとうございます」

「いや、いや。自治会で決まったことでして、いずれ、具体的になりましたら、点字ブロックをどのように敷くかご相談しなければなりません」

「しかし、この八百数世帯、二千数百人の中の、たった一人の私のために……とてもありがたいお話です」

「喜んでいただければ、私たちも嬉しい。なるべく早く敷けるといいのですが。予算化したり、設計したりの時間と費用などの点でまだまだ時間がかかると思います」

「いいえ、いつになっても構いません。この団地の方々が私のことを温かく見守ってくださると言うことがわかっただけでも、勇気が湧いてきます」

「いや、これは、団地全体、自治会で決定したことですから」

「ところで、どなたが、このような要望書を上げてくださったのでしょうか」

「土屋さんですよ」

「七階の？」

「そうです。お礼を言うのなら、土屋さんへどうぞ」

私は土屋さんの温かい心に感動しました。

すぐにその足で土屋さんのお宅にお伺いしました。

「まあ、そんなにお礼を言われるほどのことではありません」

いつもの気さくな奥様の言葉でした。

「いいえ、本当にありがとうございます」

「いえね、佐藤さんが井上さんや娘さんと歩いているのを、息子が見ましてね。団地内に点字ブロックがあれば、一人でお散歩も行けるんじゃないかと申しましてね」

「ありがとうございます。でも、私一人のために……」

「いえ、息子は、たった一人のためにやるのが福祉だって申しましてね。私もそう思いましたので、早速、要望書を書きました」

その数か月後、エレベーターの中で、「佐藤さん。頑張ってくださいね。私、佐藤さんのために、点字ブロックが早く敷かれるように、団地内の署名を集めていますのよ」と声をかけられました。

思いもかけないことでした。

エレベーターが一階につき、お名前を伺う暇もなく、その方は署名活動に走っていかれました。

団地の方々の温かさがとても身にしみました。

そして、自治会の総会で予算が承認され、平成九年三月末までに、点字ブロックは完成しました。

完成時には、完成式でもして、団地の皆様に御礼を言いたいと考えていましたが、少しでも光を取り戻し、娘の花嫁姿を見たいと思った私は、最後のあがきで九州に十二月中旬から半年間行って、三回もの目の手術を受けていたため、ついにその完成式ができず、お礼を伝える機会がなかったことを申し訳なく思っています。

多分、団地の私有地に敷かれた点字ブロックは、日本で、そして浦安市の中でもここが初めてではないかと私は思います。

先日この件について山内自治会長に、「このことを新聞か何かに発表なさいましたか?」と伺いました。

「いいえ、特別のことではありませんから。たまたま今は佐藤さん一人ですが、やがてみんな年を取って、足が不自由になったり、あるいは、目が不自由になるかもしれませんから」

「反対もあったと思いますが」

「いろいろな考えをもった人がいます。しかし、一人でも困った人がいたら皆でそれを……。佐藤さんが『自分のために……』と思われる必要はありません」

この問題を機に、当団地に福祉委員会が設けられ、高齢化社会へ向けてさまざまな対策を打っていくこととなり、福祉基金が設けられました。

そして、私の住む団地は、浦安市の福祉モデル地域として他の自治会等の目指すものとなっています。

点字ブロックをたどって新浦安駅まで一人で行くことができるようにと、社会福祉法人愛光の歩行訓練士の城所先生に来ていただき、歩行訓練を受け、一人で駅まで行くことができるようになりました。

そしてついに三か月後、この点字ブロックをたどって、駅で横浜から会いに来てくれた友人と待ち合わせをして、食事に行くことができるようになりました。

見えなくなってわかったこと

地域の人が私のことを応援してくださっていると知って、急に力が湧いてきました。

「あなた、私、洗濯するから新しい洗濯機の使い方を教えて」

「いいよ、何もやらなくて」

「私、皆がそれぞれ忙しいのに、掃除や家事までしてもらうのつらくなっちゃって……」

「そんなこと考えなくていいから、じっとしてなさい。音楽でも聞いて……」

「ねえ、洗濯機新しく買い替えたでしょう？　私さっき触ってみたんだけど、以前のと違って全然わからないわ」

私が寝たきりの生活をしている間に、電子レンジ、ガスコンロ、洗濯機、炊飯器など、いろいろな電化製品が買い替えられていました。

それまでのものはボタン式でしたので目の見えない私でも操作できると考えていましたが、新しいものはボタン部分がほとんど平らで、その上一か所を何回押したら標準洗い、何回押すと何回すすぎなど、押す回数でいろんな機能が利用できるようになっていて、目の見えない私にはすべての機能と操作方法を覚えることは難しくなっていました。

夫は失明すると何もできなくなると考えていたようで、頭から「できないから何もしなくていいよ」の一点張りで、教えてくれようとはしませんでした。

「見えない尚美には無理だからいいよ」

「いいよって言わないで、使えるように教えてよ」

やる気を起こしたとたん、一事が万事、「やりたい」「教えて」と私。

「無理だよ、やらなくていいよ。怪我でもされたら、もっと大変になるから」と夫と押し問答です。

ある時は数時間、ある時は数日かけて、使い方を教えてもらい、どうすれば見えない私が一人で操作できるかを考えます。

そして、必要なボタンやフレームに点字用のシールを目印として貼り、必要最小限の手順で安全に操作できるように工夫するのです。


「掃除機をかけてみよう」と思うと、これまた溜め息が出てしまいます。

見えていた時は何でもなかったコンセントへの差し込みが、時間がかかります。左手で二つの穴をさぐり、右手で差し込むのですが、意外とうまくいきません。

また、いざ掃除機をかけると思いがけない所に思いがけない物が置いてあったりして、次々に吸い込んでしまい、夫や娘が何かを捜し始めると、決まってと言っていいほど、掃除機のゴミをかき分けなければなりませんでした。

「できないから何もしないでいいよ」「大きく何かを貼って触るとわかるようにしてくれれば、押す場所と回数を覚えてできるようになるから教えて」の押し問答の末にやっと教えてもらうという繰り返しで、少しずつ家事をこなせるようになりました。

基本的な操作だけを教えてもらって最低限のことだけでもできるようになるといいと考えて、少しずつできることを増やしていきました。

一人で洗濯機を回して干すことができた時は、目が見えていれば何でもないことなのに、とてもうれしく、「やっと主婦の仕事が一つできるようになった」「早く夫にこの洗濯物を見てもらいたい」という衝動に駆られ、夫の帰りが待ち遠しくてたまりませんでした。

「あなた、これ見て。私一人でできたの」

「おっ、すごい。でも、無理するんじゃないよ。貧血でも起こして倒れても、昼間は誰もいないんだからね」

夫はそう言いながらもうれしそうでした。

使用した茶碗、お皿、鍋はいままでどおりで、洗うだけなら何とかなりますが、茶碗や鍋の汚れが綺麗に落ちているかどうかの確認ができません。何度も何度も洗うようになります。湯飲みなどの茶渋は、落ちたかどうかわかりません。まな板も時々夫が漂白殺菌してくれるのに任せるしかありません。

調理は、目が見えていた時にできていたことは、だいたいできます。ネギのみじん切りやキャベツの千切りもこなせます。

しかし、野菜の葉物の鮮度や変色がわかりません。野菜等の材料が新しいうちはいいのですが、買い置きの物については、傷んではいないか、調理の前に夫や娘により分けてもらってから料理にかかります。

缶詰やパックに入った物などは賞味期限が読めないので、食べる前に夫やヘルパーさんにチェックしておいてもらいます。

料理方法にも制限があります。油を使うものは危険なので、用心のため天ぷらやカツは家では作らないことにしました。

焼き魚などは焼け具合がわからないため生焼けだったり焦げてしまったりで再調理の頻度が高いため、夫が焼いてくれることになりました。

煮物やおみそ汁を作るのも、まずすべての材料を入れておみそもお水も入れてから火をつけるようになりました。その理由は、煮立ったところで材料やおみそを入れたいのですが、鍋が熱く、手で場所を確認することができず火傷をしたり、鍋の外にお豆腐が落ちたりしてしまうためです。

調味料は間違っていないか等、神経を使います。

お茶やコーヒーなどを入れたりする時も、どこまで入ったかは確認ができませんが、注ぐ時の音や感覚で入れることはできます。しかし、多かったり少なかったりしているようです。

次は食事です。

自分で作った物をテーブルに並べたときはどんな料理がどの位置に置いてあるかはわかりますが、レストランや友人のお宅で食事をするときは、どのような食材を使ってどのような料理が作られて、どこに配膳されているのかがわかりません。時計の文字盤をイメージして、「六時の所にお箸、七時の位置にご飯、五時におみそ汁、十二時に天ぷら、九時に天つゆ……」などと説明を受けます。お刺身を食べる時のわさびがどこにおいてあるのかわかりませんし、お醤油に溶いてもらわないと量がわかりません。

旅先でお刺身のお皿の位置の説明を受けないで、自分の勘だけで食事をし、わさびの固まりを口に入れてひどい目に遭うこともしばしばです。

テーブルに並んでいるものの中で食べたい品を箸でとるときは、近くの人に教えてもらわなければ、食べたくないものを口に入れてしまったり、好きなものがなかなか食べられないという悲劇が起こります。

煮物などで里芋が食べたいと思っても、にんじんだったり大根だったりを口に入れてしまい、仕方なく食べなければならないことはしょっちゅうです。

レストランで友人たちと食事をした時、食後のコーヒーを飲んで、出がけに、「尚美さん、ケーキが残っているけど嫌いなの？」と聞かれて初めてケーキが出されていたのを知ったこともありました。大好きなケーキに未練を残しながら席を立った時の残念さといったらありませんでした。

バイキング料理はどんな料理がどこにあるのかわかりませんし、また、自分でお皿に取って自席まで持ってくることができません。人の手を借りるのは心苦しく、人に取ってもらわなければならないので、お友達と一緒の食事でない限りバイキング料理はさけて、なるべくお膳になっているお食事をするようになりました。

フォークとナイフを使っての食事は、お皿のどの位置にどのくらいの大きさのどんな食べ物があるのかがわかっていなければ難しいということがわかりました。

たとえばフォークで刺しても普通はなかなか刺さりませんが、刺さったとしても端っこに刺してしまったり、崩れやすい物は口元に持ってくるまでに崩れ落ちてしまいます。

結局、お皿の中の食べ物をフォークやナイフで追いかけることが多くなり、お箸を使ったほうが食べ物の位置や大きさがわかり、また柔らかい物か硬い物か、崩れやすい物かなども判断しやすいことがわかりました。

そんなわけで私はスープや飲み物以外は、サラダ、ステーキ、デザートまでお箸でいただくようにしました。

そのお陰で、お皿から食べ物が飛び出したり何も刺さってないフォークを口に運ぶことはなくなりました。

しかし、目が見えなくなって、人前で食事を取ることをおっくうにさせることがもう一つあります。

それは、エビフライやアスパラガスなどの長い物を箸で食べようと、口元に持ってきた時、口元よりもかなり上に食べ物があって、目で食べたり、鼻で食べたりという格好になって、タルタルソースやドレッシングがまぶたや鼻の頭にくっついて、せっかくのおめかしが台無しになってしまうのです。

また、飲み物を飲む時、グラスにストローが入っているかどうかを確かめてから飲むように気をつけないと、ストローが目に刺さったり、鼻の穴に刺さって危なかったりみっともなかったりするのです。

雑巾がけでも失敗をしました。

コーヒーの飲み残しをテーブルにおいたままだったのを忘れ、テーブルを勢いよく拭きました。

スイーッと布巾を滑らせたとたん、コーヒーカップが手に触れました。見事にカップは床に落ち、コーヒーはこぼれてしまいました。

あわてて雑巾で綺麗に拭き取り、やれやれ。

友達が来て、「尚美さん、雑巾ある？」と聞くので「なあに？　どこか汚れてるの？　さっきコーヒーをこぼしたから綺麗に拭いたところなんだけど」と言いながら、濡れた雑巾を差し出すと、「ああ、そうなの。壁に黒っぽい物が飛び散っているから何だろうと思っていたの」と言いながら汚れを拭き取ってくれました。

見えていないと、床に落ちたコーヒーが周囲に飛び散ることを忘れて、床の汚れを拭き取って安心してしまう自分を知りました。

これは、見えているときは気がつくことですが、真っ暗闇になると忘れてしまっていたことです。

また、周囲に飛び散ることに気づき、その後は周囲の壁まで拭きますが、やはり完全に飛び散った汚れを拭き取ると言うことは、見えない者にとって困難だとわかりました。

この一件以来、人が家に入ってくることに抵抗ができました。ヘルパーさんにお願いするために、家をリフォームして綺麗にしてからお願いしました。

針仕事は、見えない人用の裁縫セットがありますが、糸と生地の色のあわせができないことやほころびの縫い合わせなどの色合わせで時間がかかります。ほつれなどを繕いたくても、針に糸を通して縫い合わせることができません。

服は夫や娘が選んでくれます。選んだ人のイメージと色の説明だけで着ることとなるので、「今日はオレンジ色のブラウスと、このズボン」と決めて装っていても、「アーラ、尚美さん素敵、綺麗なピンクね」などと、家人の説明と異なる色を言われたりして、ビックリすることもあります。

しかし私は、最近わかってきたのは、人は同じ物を見て表現するにしても千差万別、同じものを着ているのに、「アレッそうだったの」と何度も自分のイメージを変更することがたびたびです。

外出着は私の好みやサイズを知っている娘が選んで、買ってきてくれます。普段着るものや下着はヘルパーさんやお友達に説明を受けながら買っています。クリーニングから戻ってきた物は汚れが落ちているものと信じて着てしまいますので、油の汚れなどで落ちていない場合もそのまま着て出掛けてしまい、出先で人に教えられることもあります。

また、家で洗濯機の中にティッシュペーパーなどが混入し、黒っぽいニットやトレーナーに白い紙くずが付着していても気づかずに着て出掛けようとし、玄関でガイドヘルパーさんに教えられて、あわてて着替えて出掛けることもあります。

靴も、同じかかとの高さで似たようなデザインだと、あわてて出掛けたときなど左右別々の靴を履いて、すまして歩いていたこともあります。

一緒に歩いている人も出掛けるときに気づかず、外出の途中で気づいて教えられると、知らぬが仏の時はすいすい歩いていても、自分がその格好を想像してしまうともう一歩も歩けなくなってしまい、靴屋さんに急いで買いに行ってもらってから履き替えるというとても恥ずかしい思いをしました。

講演などに出掛けて質問を受ける内容で一番多いのが、「誰にお化粧をしてもらいますか」という質問です。

お化粧は昔の感覚で自分でします。

生まれつき濃い眉なので眉墨で眉を描く時間と手間がありません。ファンデーションと頬紅を塗り、口紅を塗るだけですみ、簡単です。しかし、頬紅はどの程度ついたのかわからず、たまに「おてもやん」になっていたりします。

鏡が見られないのは致命的で、次のような失敗がありました。

人前には出たくない時期でしたが、親戚のお葬式でどうしても出なければいけないというので、久しぶりにパックをして、お化粧をすることにしました。

パックの後は化粧水を叩いてからお化粧をするのですが、まだ顔にパックの一部が残っていたようなのです。

そうとは知らない私はすっかりはがしたつもりでファンデーションを塗りお化粧をしました。

喪服を着て夫と車で出掛けましたが、車で約一時間半の道のりでやっとお寺に着きました。

お焼香をするのに並び、やっと自分の番が来てお焼香をする時、なんだか多くの視線を感じました。

（やはり、パックをしただけあって美しく仕上がってるみたい、こんなに注目を浴びるなんて）

お食事をする場所で隣に座った夫が、「尚美、顔にティッシュペーパーがついてるよ」と言いながら、顔から何かをはぎ取っていきました。

何だろうと思って顔を差し出すと、一つだけではなく、次々にはがしていくではありませんか。

（パックが綺麗にはがされていなかったんだわ）とこの時気がつきました。

（こんなに時間がたつまで夫はなぜ気がつかなかったの。私の顔なんか全然見ていないってことなのね）と恥ずかしいやら情けないやら、落ち込んでしまいました。

何をするにも見えていたときの何倍も時間がかかるということです。

夫と二人で旅行するときや、外出するときに困ることがあります。途中でトイレに行きたいときです。

今は障がい者用トイレや多機能トイレがサービスエリアや商業施設、公共機関には必ずありますが、当時はあらゆる面でバリアフリー化は進んでいませんでした。

私は知らないトイレに入ることができません。どこにドアがあるのか、どこが洗面所なのかわからないからです。

夫が女性トイレについて入るわけにいきませんので、私は男性トイレに夫に連れられて入ります。

トイレはこれまた大変です。

和式なのか洋式なのか。どちらを向いて座るのか。ペーパーは右なのか左なのか、または前なのか。水を流すのはハンドルなのか、ボタン式なのか、跳ね上げ式なのか。センサーなのか、上の鎖を引っ張るのか。また、手を洗う蛇口はひねるのか、上に上げるのか、下に下げるのか、手を出せばいいのか、その場その場で異なります。

このように外出時の一番の心配はトイレなのです。

また、最近はどこにでもあるようになった障がい者用のトイレは広すぎて、車いすの人にとっては便利でも、目の見えない人にとっては広すぎて、わかりにくくかえって不便です。


旅先で大きなお風呂に入りたいのですが、夫と二人の旅行では困ります。

「男風呂に入ればいいじゃないか」と夫はふざけて言いますが、そうはいきません。

娘がいる時は毎月のように行っていた温泉旅行も、娘が嫁いだ後は娘の都合の良い時に合わせて行くか旅先の介護事業所にあらかじめ介助してくださる方を確保してからになるので、出掛ける前の準備と費用がかかるようになりました。

こういうことで、最近は、お友達との旅行や、講演の時に社員と行くのが楽しみになりました。

レジャーの時は、視覚障がい者は一人での移動が困難なため、ガイドヘルパーさんを介護事業所に依頼し付き添ってもらいます。

交通費や入園料は障がい者割引がありだいたい半額ですが、ディズニーランドは割引がありませんので注意です。

パーティーや旅行、遊びも付き添いがいるため、食事代、入園料金が健康な人と比較すると二倍かかることになります。

障がいを持って暮らすと言うことは、健康な時よりもお金がかかるということを知りました。


見えない同士で話をしている時、見えていた時のようにうんうんと熱心にうなずいているにもかかわらず「尚美さん聞いてるの？」と言われました。

「うん、一生懸命に聞いているよ。どうして？」

「だって、さっきから僕が話をしているのに何も言わないで黙ってるんだもの」

「あっ、そうか、一生懸命に、うん、うんってうなずきながら聞いてたんだけど。あなたには見えないものね」

家族や友人など見える人たちの中で過ごしていた私は、声で反応しなければ見えない人にはわからないことに気づかされました。

また、隣に座った人と話をしていて、トイレにその人が立っても私はわからず、誰もいない横を向いて話をし、返事がないので横に手を出して、誰もいないことに気づく時は、とてもばつが悪い思いをします。

家の中の段差や、歩道と車道との段差などは視覚障がい者にとっては必要な段差だということがわかりました。

歩道と車道の段差がないところは、白杖で歩いていて、車道に入って歩いていてもわからず、車から警笛を鳴らされてびっくりした人がたくさんいます。

家の中での敷居やリビングルームの段差などは歩く距離の推測や、方向を定める目安となり、ないよりはあるほうが便利です。

家の中で方向を見失ったら、私の場合はリビングルームの壁に鳩時計が掛けてあります。

ドアは開けてくれないほうが危なくないことがわかりました。

瓶のふたなどは開けて渡されるより閉めたままのほうがいいのです。うどん屋さんで唐辛子のふたを外して渡され、中ぶたを空けて振りかけたら全部の唐辛子が振り込まれて食べられなくなってしまったという悲劇が起こるのです。

カレーなどは混ぜないで、割り箸は割らないで渡していただいたほうがいいのです。見えなくてもできること（割り箸を割ったり、カレーをまぜたり）は自分でしたほうがおいしく感じるのです。

点字ブロックは、駅などから公共機関などの間に敷いてあります。

では、どの点字ブロックをたどっていけば目的の建物に行き着くのかがわかるのでしょうか。それは事前に何度かたどって目的地に行く練習をするのです。初めて行く所などはガイドヘルパーさんの介助で外出できます。人に聞いて確かめてからたどることになります。従って、尋ねる人が近くにいないときは困りますが、だいたいガイドヘルパーなどと行くことになります。

点字ブロックの上を歩くのかどうかですが、弱視の人は白や黄色のブロックが見やすいのでその上を歩くこともあります。また、白杖でブロックを確かめながら歩きます。

では、行き先の道順を知らないと点字ブロックは意味がないかというと、知らない場所でも点字ブロックをたどっていれば危険ではないという「安心のメリット」があります。

誘導していただけるときは、肩を貸して、肩を横にしないでまっすぐに歩いていただけると助かります。

生きがいを求めて ――アメリカ視察

平成四年、初夏。

私は、声の広報（市の広報をテープに吹き込んだもの）を聞いていました。市の人口の移動状況、市の動きに続いて、市からのお知らせの欄が続きます。

「つまんないなー。ラジオを聞いてもテープを聴いても、それが私にとって、いったい何だっていうの。ただ時間を過ごしているだけじゃない。一人で外に出掛けることができない、見えないってことはあらゆる可能性を絶たれることなんだ。私って何のために生きているんだろう。大正生まれの厳格な両親の元で、『人は世のため、人のために尽くすよう神様がこの世に送り出されたのよ。だから、自分のことしか考えない人間にならないように努めてちょうだいね』と言い聞かされて育ってきたのに。

今の私は世のため人のために尽くしたくても何もできない。人のためどころか自分のことさえ家族の手を借りなければ動けない。人は働いている時間なのに私はこうやって横になってテープを聴いているだけ」

何を聞いても生きがいのない私にとっては意味のない、むなしいものでした。

「生きがいがほしい。目が見えない私に再び生き生きと生きていく時間は来ないんじゃないかしら」と、無気力にテープの声を聞き流していた時です。何か、障がい者をアメリカに派遣する事業についてのお知らせがあったように聞こえました。

「もしもそうだったらアメリカで何かを見つけてくることができるかもしれない」

そう思った私は、飛び起きてテープを巻き戻しました。

市が国際交流事業の一環として、身体障がい者の代表をアメリカの姉妹都市に派遣するという内容のものでした。

応募資格は身体障がい者手帳を持っている市内在住の者で、論文を書いて応募するというものでした。

「アメリカ？　そうだ、日本の環境でしか障がい者のことを考えられない私って『井の中の蛙大海を知らず』じゃない。アメリカに行って、アメリカの見えない人たちはどんな仕事について、どんな日常生活を送っているのか、また、いろんな施設を見たりすると、きっと何か立ち直りのきっかけを摑めるかもしれない。ぜひ応募したい」と、私は早速机に向かい、大きなカレンダーの裏に、手探りの文字を走らせました。

目が見えていた頃から文章は仕事の上でも書き慣れていましたので、「視覚障がい者になってからの思いと、視覚障がい者にとって、鍼・灸・マッサージ以外の就労の場を見つけてきたい。そして体験を基に地域の障がい者福祉に役立ちたい」と、気持ちを述べていきました。

それは、原稿用紙五〜六枚になり、応募条件を満たしました。

カレンダーの裏に書いた私の文字は、見えないで書いたため、くっついたり、離れたり、あるいは重なったりしていましたが、夫が苦労して私に確認しながらワープロで打ち直してくれました。

久しぶりに自分の考えを文章にでき、満足できるものに仕上がりました。ところが、これまで順調に立ち直りつつあった私の気持ちは、思ってもみなかった「障がい者への偏見」という現実の前に、一気に叩きのめされることになったのです。

応募の締切り後しばらくして、「最終審査に残りました。七月〇日に〇〇会議室で面接がありますから来てください」と書留郵便が舞い込みました。

「ヤッホー。やっぱりね。私は、自信があったんだもの」

「そうね、あんなのお手のものだものね」と娘は言いました。

「ルンルン、ルンルン」

本当に何年ぶりの喜びの気持ちでしょう。

「ママ、ママの生き生きとした顔、久しぶり。その日はちょうど夏休みになっているから私が同行するわ」

娘も共に喜んでくれました。

面接当日。控室には、耳の聞こえない人、目の不自由な人、知的障がいの人などが、それぞれの付き添いの人と一緒に面接の順番を待っていました。

「ママ、緊張しないで大丈夫よ。リラックス、リラックス」

「佐藤さん。どうぞ」

面接の一室に案内されました。

「ここには、六名の審査員がいます」担当者の声がして面接が始まりました。

「佐藤尚美です。視覚障がい一級で、光も何も見えません。よろしくお願いいたします」

「これに応募した動機は何ですか」

「論文にも書きましたが、視覚障がい者の……」

「佐藤さん。この論文は、あなたが書いたものではないでしょう?」

「いいえ、私が書きました」

予想しない言葉に私は驚いて応えました。

「そんなはずはないでしょう。この論文は、女性の論文ではないですよ。ご主人が書いたんじゃないですか?」

意地悪な審査員の言葉です。

「いいえ、私が書きました」

六人の審査員の前で侮辱され、生まれて初めての悲しみを味わいながら何とか応えました。

「こんな論文が、女性のあなたに書けるはずがない。まして、目の見えない障がい者が書けるはずがない。この発想は男性のものですよ」

「それは私がカレンダーの裏に手探りで書いたものを夫がワープロで打ち直して

くれたものです」

「もし、行けたとしたら……」と別の審査員が質問してきました。

（何を考えているんだ市役所は。女性を、障がい者を侮辱したのだ）

見えない私には、質問者がどこに座っているどの人なのかがわかりません。悔しい気持ちでいっぱいになりました。

こんな人が障がい者派遣の人選に携わっているのなら、私は行きたくない。見えない目で苦労して書いた論文。そして、また読みにくい文字を徹夜でワープロで打ち直してくれた夫の苦労を理解してもらえなかった。悔しい。

（こんなに障がい者を侮辱した話はない！　何のための事業なのか。こちらのほうからお断り！）と心の中で叫びました。

会場を出た私は侮辱された言葉が頭を巡り、立つ元気さえ失い、「真由美ちゃん、タクシーを呼んでちょうだい」と言いながら座り込んでしまいました。

「ママは歩けない」

首をうなだれ、この事業に応募したことを悔やみ、「もう二度と人前に出るようなことはやめにしよう。二度とこんなものに応募なんかしない」と、暗く重く、肩を落としてしゃがみ込んだ私に娘が明るく笑って、力強く言いました。

「ママ、歩いて帰るわよ」と私の肩を叩きました。

「立てない」と動かない私に「よかったね、ママ」と娘は元気に言いました。

私は何のことかわからず娘を見上げました。

「ママの実力が認められたのよ。あの審査員が言った女性には書けないような論文を書いたってことよ。障がい者らしくない論文を書いたってことでしょう」

この言葉に私は素直に反応しました。

「ん！　そうね。……そういうことよね」

「そうでしょう。何も落ち込むことなんかないわ。ママ、胸を張って歩いて」

私に立ち上がる元気が戻りました。

「ありがとう。あなたはいつでもプラス思考ね」

「そう。ママが私をそう育ててくれたんだもの」

「まあ、嬉しいことを言ってくれるわね」

娘の言葉の魔法で一気に元気を取り戻し、歩幅も大きく、弾むように歩き出しました。


「ママ、久しぶりに家族以外の人に認められたのを祝ってあげる」

「えっ？　何よ。どうしたの」

私は突然の娘の「祝ってあげる」の言葉にとまどいました。子供の真由美がどうやって私を祝ってくれるというのだろう。帰り道の途中でスーパーにでも寄って何かおいしいものを買ってくれるのだろうか。それとも、何かプレゼントをしてくれるというのかしら。

一瞬のうちにいろいろと想像しました。

「途中にあるホテルで、乾杯してママの前途を祝うのよ」

「乾杯はいいけど、ママに前途なんかないわよ」

「何言ってるのよ。本当に世話の焼ける親なんだから。いいから、ほら、笑って。乾杯したらゆっくりと私からお母さんに話があるの」

「おお、怖い」

私はのけぞるような仕草をしながら興味深く心を弾ませて、娘について行きました。

着いたのは家族でよく食事をしに行っているホテルでした。

レストランに着くと「ボトルでとるわよ」と娘。

「飲めないわそんなに、昼間から」

「じゃ、ハーフで白ワインを。そしてこのオードブルを」

と娘はてきぱきとオーダーを済ませます。そして、

「今日はお母さんを祝って、私のおごりよ」

と年齢より幼い声で気取っていいました。

お昼には少し早い時間帯だったこともあり、あまりひとけがなく、マネージャーさん自らがワインをグラスに注ぐ音が「とくとくとく」と響きます。そしてグラスを満たし終わると、「いつもお嬢さんは美しいですね。それにとても優しくてかわいらしい。ごゆっくりお過ごしください」と言って立ち去りました。

私は大好きな娘をほめられて「真由美って本当に綺麗なんでしょうね」と娘に問いかけました。

「そんなことないわよ。普通、普通よ。社交辞令を真に受けて、親ばかなんだから」

「だって、ここの人ばかりじゃなくて、ママと一緒に歩いているときもいろんな人に言われるじゃない」

「社交辞令だって。本当に、どうしようもない親ばかね。どこの世界に面と向かって、『あなたの娘さんはブスですね』って言う人がいる？　はい。私のことはいいからグラスを持って。乾杯しましょう」

と娘は私の手にグラスを触れさせて場所を教えてくれます。

「乾杯！」

二人はグラスを合わせました。

「ねえ、真由美ちゃん。今日はどんな格好してるの？」

「胸元と裾に紺のボーダーラインが入った、白いノースリーブのワンピースよ。小さい白いバッグを持って白い靴を履いています」と茶目っ気たっぷりに応える娘。

「清楚で美しく、きっとまばゆいばかりに輝いているのだろう」と想像して顔がほころびました。

私は真由美が小さい時から保育園に預けて働いていました。母親として十分なことができていなかったと思いますが、娘は小さい頃から私の気持ちを一番よく理解し、協力してくれていました。

この日のように、仕事で行き詰まったり失敗して落ち込んだ私を、元気いっぱい前向きの私に仕立て直してくれるのは、いつも娘の励ましの言葉でした。

その娘がワイングラスを片手に、今また、何か私に元気を投げようとしているのがわかります。

「ママ、今日の面接の様子で、世間の人たちが障がい者を一般的にどう見ているかが本当によくわかったわね」

娘の言葉に不快な思いが蘇り、すぐに言葉が出ませんでした。

「………。そうね……」

「ママは、世の中の良いところばかり見て生きてきたと思うのよ。ママがいつも言っているように、確かに世の中に悪い人はいないかもしれない。でもね、悪い人ではないけれど、育ってきた環境が違い、価値観が違うことで、人を傷つけたり、傷つけられたりってことがあるのよね」

「そうね、でもママは、今まで外に出なかったし、お話しする人は、皆、家族やお友達など、ママを理解してくれている人たちばかりだったから、〝障がい者なんだから、レベルが低いはず〟という考え方に接して、深い谷底につき落とされた気がしたの」

「あそこまで言われて、ママよく我慢したね」

「ママは、健康だった頃、お仕事でいろんな障がい者の人たちとお話をする機会があったけど、障がい者はレベルが低いなんて考えたことなんかなかったわ」

「そうね。ママは、人間見かけじゃない、中身だ、心だって、教えて育ててくれたもんね。私も、そんなこと思ったこともないわ」

「でも世間はそうじゃないってことが今日、本当によくわかった。障がい者は知的にも、経済的にもレベルが低い。また、低いのが当たり前とでも考えている人がいるのね」

「そうよママ。だから、今から外に出るといじめがあったり、嫌がらせがあったりすると思うの」

娘の言葉に再び先ほどのことが思い出されて、「ママはもう生きていけない。そんな目で世間に見られながら、生きていけない」と、私は手で顔を覆ってしまいました。

「だから、ママ、今から私のお話を聞いて」

私は涙を拭って真由美のほうを向きました。

「この思いをバネに、世の中の障がい者を見る目を変えるのよ、ママ。ママは今まで、男の人たちと肩を並べてお仕事をしてきたでしょう。ママは、目は見えなくても、今まで広く世の中を見てきたこと、多く人々に関わってきたことを生かして、ママの理想的人間像をもう一度つくって生きたらどうかしら」

娘の言葉に力がこもっています。

「お勤めしてた頃のママはいつもセンスが良かったでしょう。見えなくなっても、美しく、センスの良い女性でいてほしいの。そして、障がいを持ちながら懸命に暮らしている人たちのイメージアップに努力してほしいの。世間がなんと言おうとママはママ。私はそのために全面協力するわ」

熱のこもった応援の言葉でした。

「ありがとう。もう、なんと言ってお礼を言ったらいいかわからないわ、真由美ちゃんありがとう。何が障がい者のためになるのか、イメージアップになるのかわからないけれど、いろいろと考えてみるわ」

「そうよ。そしてもう一つお願いがあるの。絶対にアメリカ行きをあきらめないこと。自分で行くのは簡単。でもね、市から行くってことは、たぶんいろんな施設や障がい者の就労の場などを訪問することができると思うの。そしてもう一つ、障がい者の代表として、まず自分が障がいを受け入れて参加できることが大切だと思うから」

真由美が身を乗り出して、消極的な私を説得しているのがわかりました。

「そうね。白い杖を持って歩くのが恥ずかしいと言って外に出られないようではね」

「そうよ。世の中、数学が得意な人もいるし、英語が得意な人もいる。優しい人もいれば、心ない人もいる。ものを良く見られる人もいれば、そうでない人もいる。ママは、目は見えないけれど、心で人を見ることができるでしょう。単に、目で見えないという個性なの……」

凛として厳しさを含む声と話し方からは、娘の、母親を立ち直らせようとする意気込みが感じられました。

「アッハハハ。ママ、これで私のお話は終わり。自分の理想を生きればいいんじゃないの」

この時から「障がいを持って生きていく人の理想像をイメージして生きていくこと」がこれからの課題になりました。

そして、二年後。

アメリカ姉妹都市への障がい者派遣視察に再度応募し、最終審査の面接に臨みました。

「介助者として同行予定のご主人と一緒に来てください」との連絡で、夫は会社を休んで面接に付き添ってくれました。

面接は、前回のように進められていきました。

「佐藤さん。審査委員長です。何か、このアメリカ派遣事業に対して、ご意見がありますか」

突然の予期しない質問にとまどいを覚えましたが、小さな声で夫に尋ねました。

「前回のことを言ってもいいかしら?」

「何でも言いなさい」

「では申し上げます。私は、前回も応募しました。その時、私の書いた論文を、自分で書いたのではないだろうと言われました。女性には、障がい者には書けない内容だと。私は今は目が見えなくなりましたが、健康だった時、文章は書き慣れていました。職務柄、男性と同じような発想をしてきたことも事実です。あの文章はそんな私の書いたものでした。あのような人を審査員にする市側にも問題があるのではないでしょうか。

私たち障がい者の意欲を高めるための施策のはずですが、あれではせっかく立ち上がろうとする障がい者の心を打ちのめす結果しか残しません。私は、あの後しばらくの間落ち込みました」

「佐藤さん。大変申し訳ありません。審査委員長として、心からお詫びいたします。申し訳ありませんでした」

私はビックリしました。お役所は謝らないと考えていたからです。

帰り道、付き添っていた夫は「これで今回もアメリカへは行けないよ」と言いました。

私はその理由がわかりませんでした。

「どうしてなの？　審査委員長が前回のことを謝ったじゃない。それに、面接も問題なかったし、大丈夫だと思うわ」

「尚美が前回のことを抗議しただろう」

「視覚障がいを持つ人のためにも認識を改めてもらいたかったから言ったんだけど」

「よく言ったね。よかったよ」

「それなのにどうして今回も行けないの？」

「尚美は見えてないからわからなかったと思うけど、審査員の中にまた、あの人が座っていたんだよ」

　私は改めて、この年で世の中の一面を知らされました。

「せっかく会社をお休みして面接に付き添ってくださったのに。あなたの協力を無駄にしてしまってごめんなさい」

　むなしさで力が抜けましたが、「選ばれるまで応募すること」という娘の言葉を思い出し、「あなた、心配しないでね。私、またチャレンジするから」と気持ちを切り替えて会社に向かう夫を見送りました。

そして、平成八年。

三回目の選抜で選ばれて、アメリカのオーランド、サンフランシスコ、バークレーで、障がい者関連施設の見学など、障がい者の代表として研修旅行をすることになりました。

研修の中でも、バークレーのＣＩＬ〈Center for Independent Living〈自立生活センター〉〉の所長に会って話をしたことが、その後の私に大きな影響をもたらしました。

所長さんは私同様、人生半ばで光を失った人で、私の心情を大変よく理解してお話をしてくださいました。

「障がい者の自立とは、健康な人と同じように自分一人で何でもできるようになることではありません。人の力を借りながら自分がやりたいことをやれれば、それが障がい者にとっての自立なんです」

この言葉に私は「暗闇に光が射す」思いがしました。これまでずっと「『自立』

とは自分で何でもできるようになること」と考えていたからです。

「見えるようにならない限り、一人で遠くまで出掛けることも資料を探して調べることもできないから、もう私には一生『自立する』ということは考えられない人間になってしまったと思い、生きがいを見失って生きる気力を失っていました」

私は、所長さんに胸の内を打ち明けました。

「尚美、アメリカに行きたいと思って旦那さんや他の人の力を借りて、来ることができたのだから、尚美はすでに自立できているんだよ。アメリカに行きたくても目が見えないから何もできないと言って、人の力を借りることもできなくて、行きたい所に行けない人はたくさんいるよ」

「これでいいのですか」

「尚美は日本に帰って、障がい者のために何か活動ができると思うよ」

所長さんは背が高く、声が上のほうから聞こえてきます。そして大きな手で私の肩を揺すって励ましてくれました。

障がいを負ってできない部分を補ってもらうことによって自分のやりたいことができることを障がい者の自立というのであれば、私も人の力を借りていろんなことができるかもしれない。

所長さんのお話を聞いているうちに夢が広がって、自信が湧いてきました。

娘の言うとおり、「へこたれずにこの事業に参加してよかった」と思いながら、しみじみとカナダのバンクーバーに遊学している真由美に感謝しました。

最初の応募から四年の月日がたち、娘は看護学校を卒業し、カナダのバンクーバーに一年半遊学している時でした。

アメリカに行く前の自信のない私と、アメリカ訪問でバークレーのCILの所長さんと話した後の希望に燃えてはつらつとした私とは雲泥の差がありました。

娘のアドバイスがなかったら、心ない人の前で何度も面接を繰り返してまでこの事業に参加することはなかったと思います。

信頼を結ぶ黄色いハチマキ

家事や身の回りのことが少しずつできるようになってきた頃、市の広報テープで、「浦安市民マラソン」への参加を呼びかける内容を耳にしました。

元気だった頃、お昼休みに会社の目の前だった皇居のお堀端を一周していたことを思い出しました。

一度どこかの市民マラソンの短いコースに参加してみたいと考えていましたが、実現することなく失明してしまいました。

そんなこともあったからでしょうか、小学生からお年寄りまで参加できる三キロコースがあると聞いて何の考えもなくチャレンジしたい衝動に駆られ、気がついたときはボランティアの友子さんに電話をしていました。

友子さんは、光を失ってそのショックと体の不調から外出も少なく歩くこともおぼつかない状態の私を、時々散歩に誘ってくださっているボランティアさんです。

「友子さん、私、今度の市民マラソンで走ってみたいんだけれど」と、電話したのは、七月の暑い日でした。

「あら、いいじゃない、私でよかったら一緒に走ってあげるわ。申し込みしなきゃいけないいんじゃなかったかしら?」

「そうなの。広報のテープで、七月中に市民スポーツ課に参加費を添えて申し込むんだって」

「じゃあ、あなた、今から時間ある?」

「ええ、何も予定はないわ」

「じゃあ、あと十五分後に迎えに行きます」

とにかく友子さんは動きが早い。

ということで即日、市役所の市民スポーツ課に申し込みに行きました。

「市民マラソンに参加したいのですが」と窓口に行くと、「はい、この用紙に必要事項を記入してください」と係の人が申込用紙を持ってきてくれました。

「私は視覚障がい者なので、伴走者と一緒に走ることになりますが、よろしいでしょうか」

「あっ、視覚障がいの方ですか。少しお待ちください」

奥へ入って上司らしき人と打ち合わせをして戻ってきた担当者は、「とりあえず、お受け致します。当市では初めてなので、後日コースの下見と詳しい打ち合わせをさせてください」と言いながら申し込みを受け付けてくれました。

申し込みに行くまでは「視覚障がい者でも受け付けてくれるかしら」という不安でどきどきしていた私ですが、無事に申し込みが終わって外に出たとたん、頭が冷静に戻り、今度は「やっと外に出始めたばかりで長距離を歩いたこともないのにマラソンだなんて。最短コースの三キロメートル部門といっても本当に最後まで走ることができるかしら」と不安で頭がいっぱいになりました。

市民マラソンの日だけ走るわけではありません。当日に備えてこれから三か月で何とか走れるように練習をしなければなりません。

（三か月間の練習、どうしよう）

（夫や娘が仕事が終わって家事や地域活動、書類の整理をする合間を見て、私のマラソンの練習をサポートしなければ、走れるまでになれないかもしれない。なんて無茶な申し込みをしてしまったんだろう。これ以上家族に精神的、肉体的負担が掛かるようになるのだったらあきらめなければ……）

考えると憂鬱になってきました。

しかし、友子さんの一言でその心配は吹き飛びました。

「さあ、これから本番まで、練習をどうしようか」

友子さんは私に精神的負担をかけないようにさりげなく、当たり前のように言いました。

友子さんはいつも私の心が見えているように行動してくださるボランティアさんです。

「うれしい！　友子さんありがとう」

一瞬のうちに不安が希望に変わりました。

「昼間は暑いし、体力が消耗するから夕方がいいわ」

「そうね、じゃ、火曜日と金曜日の点訳で杉並に行った帰り、午後四時すぎに電話するわね。練習を始める前に三キロコースを下見しておきましょう」と、友子さんは車をスタート地点の総合体育館に向けて走らせました。

車を降りると、埋め立て地特有の広い空間に真夏の太陽が照りつけて、目が不自由な私にも「こちらが南だよ」と教えてくれます。

「佐藤さん、今日は下見だから、スタート地点からゴールまでタイムは気にしないで様子を見ることが目的ね」と、友子さんは先ほど市民スポーツ課で頂いた資料の図を見ながら言い、私は友子さんの持つハンカチの端を握って、三キロコースをゆっくりと走り出しました。

小さな友子さんが私の体調を気遣いながら走る速度であれば、長身の私が大股で早歩きでついて行くことができたので、「思っているより走れるかもしれない」と楽観的でしたが、一キロメートルを過ぎる頃から足が前に進まなくなり、息が上がって友子さんの「大丈夫？」という問いかけに答えるゆとりさえも失っていました。

「無理しないで、途中で待っててもらえば私が車で迎えに来るから」と心配する友子さんの言葉にかえって励まされました。

いくら寝たきりの生活が長く体力が落ちたといっても、最短コースの三キロすら歩き通すことができないなんて情けない。這ってでもゴールにたどり着きたいと、負けず嫌いの私が顔を出しました。

気持ちだけは見えていた頃の自分に近くなっていましたが、体力は病み上がりのお年寄り並みでした。

汗が頭から滝のように流れて目の中に入ります。下着はもちろん、Tシャツもズボンもまるで水をかぶったようになりました。

歩幅は狭くなり、速度を落として歩く友子さんより遅れて足を引きずって前に進み、ついに立ち止まってしまいました。

しかし、「このくらいのことで自分に負ける私だったら、これから私は何もできずに終わってしまう」と、再び足を前に踏み出し、久しぶりに歯を食いしばって頑張りました。

「佐藤さん、ゴールに着きました。よく頑張りました」

友子さんの声にほっとして、その場にへなへなと座り込んでしまいました。

「うーん。今のペースで、五十五分かかったわ」

友子さんの声を耳にしながら、私はうずくまったままでした。

それから数日後、市民スポーツ課からコースの下見を一緒にしたい旨の連絡があり、友子さんの車で現地に向かいました。

市民スポーツ課の人が運転する車に友子さんと一緒に乗り込んでコースを移動しながら説明を受けました。

「総合体育館から出発し、ディズニーランドの手前からUターンしてきます。五キロメートルコースが出発した後、五分後にスタートします。佐藤さんは三キロメートルをどのくらいの時間で走れますか」

「この間、走ると言うか、歩いてみたんですが、五十五分ぐらいでした」

「そうですか。前の部門の人たちが折り返してくるのに巻き込まれると危険なので、その時は、歩道に上がってください」

「わかりました」

私は神妙に返事をしました。

「くれぐれも、無理をなさらないでください」

主催者側の心配が伝わってきます。

次の週から友子さんが作ったスケジュールに従って練習が始まりました。

「尚美さん、折り返してくる人たちのグループに追いつかれたら歩道に上がって、応援している人たちの後ろを走らなければならないんだって。せっかく走るのに、応援にきてくれるお友達に見てもらえるように車道を走らなくてはつまんないじゃない。練習頑張って体力をつけて。三十分くらいで走れるようになれるといいわね」

友子さんは優しく声をかけてくれました。しかし、どうせ走るのだったら応援する人の後ろを走らせたくない、という思いやりと意気込みが伝わってきました。

何しろ、生まれて初めての市民マラソン大会出場です。

たとえ最短の三キロコースでも、完走することができたら今の自分の何かが変わるのではないか、という期待がありました。

途中でくじけないように夫や娘にも話をしました。

「お母さんすごいじゃない。私もカナダに行くまで練習に付き合うわ」と、看護師としてすでに勤めていた娘は、友子さんとの練習日の間を補ってくれました。

「ママ、ハンカチじゃ短いからはちまきを買ってきたわ。こうやって端を輪にして、それぞれが輪に手を入れて握っているとお互いに外れないでしょう?」

親娘で黄色いはちまきを握り合って堤防の横の道を走りました。夕食後のジョギングを楽しむ主婦や犬の散歩をする人とすれ違いながら、海から吹く風を受けて親子で走れる幸せに感謝しました。

「お母さん、市民マラソンの日は、もうカナダに行っていて応援に行ってあげられないけど、友子さんと一緒に完走できることを祈ってるからね」

私は胸がいっぱいになりました。娘はあと三か月足らずでカナダのバンクーバーに遊学します。

(娘と一緒に暮らせるのはあと数か月かもしれない。カナダに行って日本に戻ってきても再び一緒に住めるという保証はないいんだわ)

「今まで真由美ちゃんの時間をママの看病と家事に振り分けてくれてありがとう。それから、真由美ちゃんの励ましやなぐさめで随分立ち直れたわ。本当にありがとう。ママも自立に向けて頑張るから見ててね」

「心配だけど、私のママだからきっと大丈夫よね」

「大丈夫。真由美ちゃんがそばにいるとどうしても頼ってしまうから。真由美ちゃんがお嫁に行っても大丈夫だってことを示して、安心して自分の将来を考えてもらうためには外国に行ってほしかったの」

私は密かに、このマラソン大会を親孝行の娘の旅立ちと私の自立のスタートにしたいと心に決めました。


「今、浦安駅なの。今から自転車で行くから用意して待っててね」

友子さんとの練習日の水曜日と金曜日、午後四時前には電話が鳴ります。友子さんが東京のご実家のお母様を見舞ったり点訳ボランティアの活動をした後、マラソン大会に向けて、私の体力アップと所要時間短縮に向けての練習が始まるのです。

「ハイ、ではエレベーターホールの前で待っています」

「伴走者と一緒に公衆の前で走ることで障がい者としての人生のスタートだ」と決めてはみたものの、七年近く家に閉じこもり足の筋肉も落ち、体力も落ちた状態での練習は想像を大きく上回り、自分に甘い心が顔を出します。

しかし、「市民マラソンで走ってみたい」という私の夢を叶えてあげようと、夏の暑い中、自転車を二十分もこいで来てくださる友子さんの気持ちに応えなくては、と怠け心を戒めて、エレベーターホールに下りていきます。

マンションの前で待っていると、友子さんが自転車に乗って到着です。

「じゃあ、ここで準備体操しましょう」

「一、二、三、四、二、二、三、四」

「足を前後に、アキレス腱をよく伸ばして」

私は、「今日は、生理なの」「今日は、便秘でおなかが張るの」「風邪で喉が痛いの」「なんだか貧血ぎみなの」と何とか練習に手心を加えてもらいたいと友子さんに訴えましたが、教師をしていた友子さんはそんな私より一枚も、二枚もうわてでした。

「あらそう、じゃあ、走りますよ」

私の訴えなどは聞こえなかったように澄まして練習を始め、友子さんの頭の中のカリキュラムを淡々とこなしていきます。

「このくらいの速さで、いい？」

「ハイ」

「もうすぐ、高架線のガードの下よ」

汗が滝のように流れます。

苦しいけれどこの汗を流した後の気持ち良さは、他には代えられない心地よさがあります。

(ありがとう。友子さん。自分一人走るのでも大変なのに。目の見えない私を伴って走ってくれて)

友子さんは大変忙しい人です。

点訳のベテランで、浦安市の点訳ボランティアでは草分けの人です。加えて東京の点訳ボランティアをし、ご実家のお母様の介護もしています。家では子供の勉強の塾を開いています。お習字のお稽古にも通っていて、実力は先生をしてもいいほどの腕前をもつ忙しい才女です。

娘は、彼女を見て、「とっても細い人よ。ママと一緒に走ってもらうのは気の毒みたい。汗が流れると、なくなってしまいそうよ」と言います。

それほど細い人なのですが、見かけとは違って体力と精神力が強い人です。

走る、走る、走る。

「フーフー、ハーハー、ヒーヒー」

娘が用意してくれた黄色いはちまきの両端の輪を、友子さんの右手と私の左手が握りしめ、友子さんのリードで走ります。

私は友子さんの「『市民マラソンに参加したい』という夢を叶えさせてあげたい」という心がうれしくて、練習の汗と一緒に涙が流れました。

（友子さんありがとう。こんなに暑い中、こんなに忙しい中、私のために、こんなに一生懸命支えてくれて……）

感謝の気持ちが涙になってあふれました。

しかし、友子さんは一度も「大変」という言葉を出しませんでした。そして、一度も彼女のほうから、「今日は練習をお休みにしましょう」と言うことはありませんでした。

「これ、今日のおかずにと思って、西友に行ったついでに買ってきたの。ほんの少しだから気にしないで」

練習でへとへとになる私を気遣って、夕食のおかずの心配までして帰って行くのです。

私は「信頼」とはこうして築かれて行くものなのだということを教えていただきました。


走る、走る、走る。

私と友子さんは堤防のそばの歩道を黄色いはちまきを握り合って走ります。

疲れて歩き出した私に、友子さんは言います。

「佐藤さん、福祉センターのバスが横を通るわよ。みんな、佐藤さんに手を振っているわよ」

私はバスの走る音のほうに向かって手を振り、再び走り出しました。

「佐藤さん、本番の前に、休まずに三キロメートル走れるようになるといいわね」

これは私がマラソン大会に出る最低の目標なのだと受け止めました。

そして、途中で休むことなく走れるようになったのは、本番を目前にした、一週間前のことでした。

「ガンバッタわね、あとは体調を崩さないことね」と友子さんはまるで小学生の頑張りをねぎらうように優しく声をかけて帰って行きました。


浦安市民マラソン大会当日。

その日は肌寒い曇りの日でした。

早めに会場に行き、受付を済ませて準備体操をしましたが、練習の時と違いピンと張りつめた雰囲気が感じられます。

夫もビデオカメラを片手に、緊張して私たちを見守っているようです。

「三十分くらいで走れれば、前に走る部門の折り返してくる人たちから抜かれることはないと思うわ」

友子さんは三十分が歩道に上がって走らなければいけなくなるかどうかの境界

だと考えていました。

「でも、三十五分を切るかどうかでしょうね」

友子さんは私の仕上がり具合から、微妙なところだと考えていたようです。

そして、「三十五分を切るかどうか微妙なところ」と表現し、私が負けず嫌いの性格を発揮するのを期待しているようでした。

いよいよ三キロ部門のスタートです。

小学生やお年寄りも一斉に走り始めました。

「佐藤さーん。頑張ってー」

「尚美、頑張れ！」

友人や夫の声援が聞こえてきました。

私は右手を振ってそれらに応えながら笑顔で皆に続きました。

応援に来てくれた友人や知人、それに夫の手前、「折り返し点までは何とか集団の中にいたい」と頑張りました。

しかし、一番後ろの集団で折り返し、その後もスピードは落ちて、いつものように足が上がらなくなり、息が苦しくなってきました。足が重い。上がらない。

「ゴールまであと、どのくらい？」

「あと五百メートルくらいよ」

カンカンカンカン。パチパチパチ。

鳴り物や拍手での応援の間に、「ガンバレー、佐藤さん、ガンバレー！」と友人たちの声が聞こえます。

「もう少しよ、佐藤さん」

「ハーハー、フーフー、もう、だめ、歩きたい」と訴えましたが、友子さんは私の訴えは聞こえなかったかのように「もうあと百メートルぐらいよ。さあ、頑張って」と励まします。

（えっ？　まだ百メートルもあるの？）

（さっき、『あと二百メートルくらいよ』と言ってから、随分走ったのに……。

もう走れない）

「ホーラ、ホーラ、あの先のほうで太鼓の音が聞こえるでしょう、あそこがゴールなのよ」

「あとどのくらい？」

「もうあと、五十メートルぐらいでしょう」

「足が上がらない」

「ハーハー、ヒーヒー……」

あえぎながら走る私に「頑張って。佐藤さん、頑張って」と友子さんの声。

友子さんは見えない私が車止めや障がい物に足を引っかけて転ばないように、また、周囲の人とぶつからないよう慎重にはちまきでリードして走ります。


左手のハチマキが軽く後ろ側に引っ張られました。

「頑張れ」の合図です。

練習した日々が頭を巡りました。

（友子さん、ありがとう。私はガンバるわ。今まで支えてくださった友子さんのお気持ちに応えるためには、完走しかないもの）

気持ちを取り直して、足を前に押し出しました。

「あと少しよ」

「ガンバって」

「もう少し」

「あの太鼓の音がするところまで」

私はもう、声を出す元気はありません。

「あと三十メートル」

「あと二十メートル」

「あと十メートル」

「ハイ、ゴールよ」

小さな友子さんが私を抱きしめ、背中を叩きました。

「おめでとう」

パチパチパチ、パチパチパチパチ。

「おめでとう」

「おめでとう」

一斉にゴールで待ちかまえていた観衆から拍手とねぎらいの声が上がりました。

「佐藤さん、ガンバったわね……」

友人の声も聞こえます。

「すみません。『広報うらやす』です。少しインタビューしたいんですが」

二人は写真に納まりインタビューに答えました。二人の写真とインタビューは浦安広報誌に掲載されました。

「やった！　私は走った。友子さんありがとう」

温かいねぎらいの言葉の中で汗をぬぐうと、冷たい風が首筋をなでました。

（カナダのバンクーバーも寒いのでしょうね。真由美ちゃん、ママは友子さんのお力で、見事に完走よ。ママは優しいお父さんと頑張るから、自分の未来に夢を描いてね）

遠くカナダで応援してくれている娘に報告しました。

　数日後、リーン、リーン。電話がかかってきました。

「梅崎です。尚美さん、広報に載っていたね。ボク、尚美さんが走れるはずないよって言ったけど、ゴメンね」

　あるボランティアグループで知り合った、視覚障がい者の友人からの電話でした。

「あら、いいのよ。誰だって三か月前の私を知ってる人はそう思ったと思うわ。私は見えていた頃からの夢だった『市民マラソンに参加して完走すること』が実現できてうれしかったの。一緒に走ってくれた友子さんの力なの」

「大勢の人の前で、市民マラソンで完走できた！」という、言いようのない自信が突き上げてきました。

走れた。

信頼を結ぶ黄色いはちまき。

私は無言ではちまきをポケットにしまいました。

「必殺輝かせ人」の友子さん、ありがとう。

私のタイムは二十六分台。前に走った五キロメートルのランナーに追いつかれることはありませんでした。

社会へ——生きがい作り

アメリカから帰国後、「浦安にも視覚障がい者の会がほしい」と考え、早速友子さんに相談しました。

「浦安にも視覚障がい者の会を作りたいと思うの。見えない人の中には、以前の私のように、何か情報が欲しいと思ってもどうしたらいいのかわからない人や、家に閉じこもったまま孤立している人がいるかもしれないと思うの」

「結構そんな話を耳にするわよ」

「外に出るチャンスと仲間との情報交換もできると思うんだけど」

「いいじゃない。ぜひ、おやりなさい。応援するから」

いつものように友子さんの力強い応援の言葉を受けて設立準備に掛かりました。

早速、デイサービスセンターで知り合った視覚障がい者の先輩たちの協力も得て、市内の視覚障がい者に呼びかけ、平成八年十一月二十九日に、総合福祉センターに初めて二十三名の視覚障がい者が集まりました。

三歳の未熟児網膜症のお子さんから八十二歳の高齢の方まで、初めて顔を合わせました。

この会は、平成八年十一月に初めて顔を合わせたことにちなんで、十一月の誕生石の名をとって、「トパーズクラブ」と名付けられました。

フォークダンスやイチゴ狩り、カラオケなどの他、音声パソコンの講習会などを開催することにより、今まで閉じこもっていた視覚障がい者も外へ出る機会が多くなり、生き生きと活動しています。

活動していく中で、障がいを受けた年齢、その原因や経歴により一人一人障がいの度合いも不自由さも異なることがわかりました。同じ障がいを持つ者同士でも、この程度の認識なのです。ということは、別の障がいを持つ人の苦悩など、ほとんどわかっていないのではないかと考えました。外から離れて見ていたり、話を聞いたりするだけではわかり切れないことが多くあります。

「一緒に時間を過ごすことで、障がい者相互の理解を深め合おう」

そして誕生したのが異文化交流の会、「ジュエリーボックス」です。

「皆、いろいろな障がいを持っていても宝石のように輝こう」という思いで、ジュエリーボックスと命名しました。

この会の特徴は、移動を手伝ってくださるボランティアさんたちが会員として資料のコピーや会計も担当して一緒に活動をしてくださっていることです。

異文化交流活動はUFRA（浦安在住外国人会）や明海大学留学生の会の有志がボランティアで講師として来てくださり、アメリカ、アジア、ヨーロッパなどの出身国のお話を伺った後、民俗衣装を着せてもらったり、国旗の意味について話を聞いたり、皆でディズニーランドへ出掛けたり。日本の演歌が上手で、外国人の演歌大会でグランプリを取ったインドの方が講師の時などは、カラオケルームでの講義もあります。

そして会社経営

平成七年の秋、娘はカナダのバンクーバーに旅立ちました。

心身共に支えてくれていた娘がいない生活でしたが、元気を取り戻しつつあった私にとっては、想像していたよりも順調でした。

マラソン大会で走るという目標があったことと、何にもまして自分が母親だと再認識していたからです。

「このまま真由美を頼って生きていたら、真由美の人生を失わせてしまう。真由美がそばにいなくても夫と二人で暮らしていけることを見せてあげなくては、この子は結婚することもできない」

娘をカナダに行かせようと決心した時から、弱音を吐くことが少なくなりました。

それまでの私は、何でも見えていた時のペースでできないと、「やっぱり私はだめだわ。もうまともなことはできなくなった」と落ち込んだり、途中であきらめてふて寝をしていましたが、時間がかかっても最後までやり通すことが多くなっていました。

しかし、やる気を出せば出すほど、見えないと一人ではできないことがたくさんあります。

夜遅く、仕事で疲れて帰ってきた夫を待ちかまえて、

「ここにおいていた袋、どこに片づけたの？」「この手紙、どこからかしら」「明日着ていくベージュのスーツを探してください」「今、テレビで臨時ニュースの音がしたわ。テロップになんて書いてあるの？」などなど、娘がしてくれていた

ことが一気に夫にのしかかり、夫に疲れが見えてきました。

この時、ある方のアドバイスを思い出しました。

それは、娘の成人式の振り袖の着付けをしていただいている時でした。その方は、私が目が見えないことを知って、「ホームヘルパーさんを頼んだらどうですか」とアドバイスをしてくださったのです。私はこの時初めて「ホームヘルパー」という言葉を耳にし、その内容も教えていただきました。

しかし私は、家事が満足にできていない所に知らない方に入っていただくことは女性として恥ずかしく、抵抗があることをお話ししました。

「見えなくて家事が満足にできないからヘルパーが入るんです」と重ねて親切にアドバイスをしてくださいましたが、そのままで数年がたっていました。

「このままでは夫まで倒れてしまう」

私はヘルパーさんをお願いすることにしました。そしてやはり家の汚れが気になりました。

（母が何年間も九州から通ってきて、温灸をかけてくれた煙で壁紙や天井が真っ黒にすすけているのではないだろうか）、また、（台所が汚れているのではないかしら）と想像し、結局、壁紙から床、天井、畳、と全部のリフォームを終え、やっとヘルパーさんに来ていただくことになりました。

それでも初めは、家族以外の人が台所に入ることに抵抗がありました。まるでお客様を迎えたように緊張し、お茶を入れてもらったりお掃除をしてもらうのが申し訳なく、また、恥ずかしく思いました。

しかし、少しずつ慣れて、いろんなことを手伝っていただいているうちに、夫の負担が軽くなり、お陰で夫の顔にも笑顔が戻りました。

家族に病人や障がい者を抱えると、介護や介助で負担がかかり、疲れがたまって笑顔や会話が少なくなり、家庭が暗くなりがちです。

わが家でも、ホームヘルパーさんに入ってもらわなかったら夫が病気になっていたかもしれません。

私はヘルパーさんの存在をとてもありがたく思いました。

「私が元気になったら、障がい者やお年寄りの訪問介護サービスの仕事をしたい」と思いました。

介護サービスの会社を作りたいと考えた理由はもう一つあります。

私は失意の底から今に至るまで、多くの方の助けを頂いて元気を取り戻すことができました。しかし、その方たちが介護や介助を必要とされる時、私自身は何のお手伝いもできません。

あんなにお世話になった鈴木友子さんがガンで倒れられた時も、私は何もできませんでした。

「一方ならぬお世話になりながら、何のご恩返しもできなかった」という情けない思いが心に残りました。

「私自身の手でご恩返しができなくても、会社という組織の力を借りて、もう一度生きる勇気をくださった方々や社会の役に立ちたい」と思うようになっていきました。

こんな思いを、個人契約で私の文書作成やパソコンのサポートをしていただいていた方と漠然と話をしていました。彼女はとても頭が良く、いろいろな勉強をしている人でした。ちょうど職場を変わりたいと考えていた時のようで、彼女も会社設立に乗り気になり、「やりましょう」ということになりました。

私は初め、資金がないのでNPOでと考えて進めていましたが、動き始めようとした矢先、理事として参加していた別のNPOの件で理解できない事態がありました。そのためとりあえずいろいろなことを勉強してからゆっくり取りかかることにし、一旦動きを止めて、いろいろな方に相談している中で、私のようにお金がなくても、平成十五年二月から、「資本金一円から会社が作れる法律ができる」

ということがわかりました。

折しも障がい者の支援費制度が平成十五年四月からスタートするところでした。今までは行政の措置でサービス内容と提供者が決められていましたが、「サービス内容もそれを提供する事業所も、障がい者自身で選ぶことができるようになる」というのがこの法律の目玉でした。にもかかわらず、浦安では障がい者に対する訪問介護事業者として手を挙げる事業所がほとんどないことを耳にしました。

それではせっかくの支援費制度も意味がありません。

措置制度と違って自らサービスの事業所を選べるからこそ、事業所間でサービスの質が磨かれて、よりよいサービスが向上するのです。

「せっかく訪問介護サービスの会社を立ち上げるのだったら、支援費制度のスタートに間に合わせたい」と考えましたが、どうすれば会社が作れるのかもわかりませんでした。

乳飲み子を抱えて寝る時間もないほど忙しい娘に、無理を承知で相談しました。

「わかったわ」

娘は本屋に出掛けて、会社設立のマニュアルを見つけてきました。

「二週間で株式会社を作る方法」といった本を参考にして、一気に立ち上げました。

平成十五年四月一日、「エメラルドサポート株式会社」設立です。

その後、六月に介護保険指定事業所として千葉県の指定を受け、七月一日付で、障がい者の支援費制度指定事業所の指定を受けました。

介護サービスを始めて二年目のある日、一人のケアマネージャーさんから電話がありました。

「小林さんのご家族からお母様の介護をエメラルドさんにお願いしたいと依頼を受けましたのでよろしくお願いします」

小林さんは、視覚障がい者交流団体「トパーズクラブ」設立以前からご指導いただいていた視覚障がい者の先輩です。中途失明で見えない生活に慣れない私に、優しく手を取って教えてくださった方です。トパーズクラブ設立時にも大変な協力とご指導を頂いた恩人です。ご高齢ということもありここ数年は外出も少なくなり、目の不自由に加えて耳も遠くなり、お電話でのお見舞いも遠のいていました。

お世話をさせていただく契約でお伺いした時、ご挨拶をさせていただきました。ご家族のお話では、「佐藤さんのことはわかっていますよ」とのことでした。

短い期間でしたが、ご家族と一緒に介護をさせていただきました。ターミナルケア（終末期ケア）の知識を持ったヘルパーさんに担当してもらい、ご家族からも喜んでいただきました。

小林さんとのお別れのご挨拶に伺って、小林さんとご家族に対して、エメラルドサポートに介護を担当させていただいたことに、深くお礼を申し上げました。

この会社を作って、本当によかったと思いました。

令和四年四月で二十年目を迎えたエメラルドサポート株式会社。

訪問介護事業、障がい者相談支援事業、日中一時支援事業などの福祉関係事業に加え、令和元年から始まった子供たち（未就学児を含む）向けのプログラミング教室を皮切りに、年齢・障がいを問わずパソコンやスマホなどのＩＴ機器の操作教室（個人レッスンを含む）を実施しています。

また、障がい者や高齢者など、いわゆるデジタル弱者と言われる人々を対象としたＩＴ教室、そして令和三年度および四年度には総務省が実施する「デジタル活用推進事業」実施事業所としての委託を受け、視覚障がい者のスマートホン教室を実施しました。

令和四年十月現在、契約社員を含めて三十七名。まだまだ小さな会社です。

仕事の魅力に取りつかれ、大切な家族との語らいや、「家庭の中心として優しく穏やかな母であり妻であること」を忘れて暴走し、物理的体力の限界を突破、失明を招いた自らの反省の上に設立したこの会社。

　私の会社経営を応援してくれた方々のアドバイス――「自分の心がわくわくすることにチャレンジ！」「新しいアイディアに怖がることなくチャレンジすることを忘れないで」「仕事は楽しく、面白く笑顔でやってね」――この言葉を胸に、「社員の健康と家族の幸せを第一に」「利用者さんの個性を生かすサービス」を心がけていきたいと考えています。

おわりに

人生、あきらめない限り挫折ではありません。

突然の「失明」という事態は、私から光とともに生きる希望も失わせました。

一方、「果たして、人生半ばで失明した私が再び生きがいを見いだして生きることができるのだろうか」というテーマと数多くのチャレンジという試練の場を与えてくれました。

「人は自分一人のためだけに生きていません。『誰かの役に立ちたい』という愛に満ちた心で助けを求める人を待ち受けているのよ」。ボランティアの友子さんの言葉は本当でした。

「見えないという障がいを受け入れた上で、もう一度社会や他《ひと》のために役立ちたい」と、再び立ち上がる決心をしましたが、新しい人生を開拓していく試練の中で何度も壁にぶち当たりくじけそうになりました。

そのたびに、家族はもちろん、ご近所の方、ボランティアさん、そして多くの先輩や友人に、「決してあきらめてはいけない、逃げてはいけない、投げ出してはいけない」と、助けていただいたり励ましていただきながらここまで立ち直ることができました。

そして今、夢と希望も新たに、二度目の人生にチャレンジし続けています。

試練を乗り越えた後には、いつも素晴らしい達成感と感動があります。

現在も、悩んだり落ち込んだりを繰り返しながらの日々ですが、周囲の方々からの叱咤激励と、自らを癒やし勇気づける次の言葉を心の中で繰り返しつつチャレンジし続けています。

「明けない夜はない！」

令和四年十一月

佐藤尚美

著者プロフィール

佐藤　尚美（さとう　なおみ）

昭和21年生まれ、福岡県出身。
昭和40年　福岡県立中央高校卒業後、日本電信電話公社（NTT）入社。
昭和44年　企業内研修機関、中央電気通信学園大学部卒業。
平成元年　企業通信システム本部金融システム担当課長在職中に失明。
失明後７年間の引きこもりを経験。家族の温かい愛、お隣の奥様や地域の人、ボランティアの人々の励ましと支えを得て徐々に外へ。
平成８年　浦安市の障害者アメリカ研修旅行に参加。バークレイのCIL（自立生活支援センター）訪問時、センター所長と話す中で、「障がい者の自立とは何か」を諭され、再び社会で人のために何かできると勇気づけられた。
帰国後、浦安市に視覚障がい者の会（トパーズクラブ）設立。障がい者異文化交流の会（ジュエリーボックス）、障がい者文芸クラブ（サファイアペンクラブ）を相次いで設立。
平成15年　訪問介護事業・エメラルドサポート株式会社設立。「人は生まれながらにして、一粒の宝石である。個性を輝かせて生きていこう」との考えから、各グループや会社名に宝石の名を冠している。

明けない夜はない

2023年１月15日　初版第１刷発行

著　者　佐藤 尚美
発行者　瓜谷 綱延
発行所　株式会社文芸社
〒160-0022　東京都新宿区新宿1－10－1
電話　03-5369-3060（代表）
03-5369-2299（販売）

印刷所　図書印刷株式会社

ISBN978-4-286-27023-4